Die Gegenwart zeigt uns die Fehler der Vergangenheit,
damit wir die Zukunft besser gestalten können.

Der schlechte Teil der Vernunft ist, in Blindheit zu
handeln.

Für die Einsicht in Liebe zu handeln, muß man einen
anstrengenden Weg gehen.

Die Sehnsucht ist die Triebfeder allen Geschehens.

Dietmar Dressel

Dietmar Dressel

Der Mensch und die Schöpfung

Trilogie

Teil I

Der Planet Venus und seine Kinder

Fantasy Roman

In Liebe
für Barbara, Alexandra, Kai, Timon, Nele und Isabelle.

Zum Roman

In diesem Roman lesen sie etwas über das „geistige Sein", eingebettet in der „geistigen Energie". Wie entstand es und wo existiert es? Das materielle Universum, ist es endlich?

Venus, ein kleiner Planet am Rande einer Galaxis, entwickelt sich gut, was man von seinen Venusianern nicht sagen kann. Sie raffen, was sie raffen können, sind neidisch bis zum abwinken und bringen sich mit dem Feuer der Sonne grausam um.

Am Ende gelingt es einer kleinen Gruppe von ihnen auf dem Planeten Erde zu landen, der noch in den Anfängen einer ganz einfachen, menschlichen Entwicklung steckt. Was werden die wenigen klugen Venusianer mit ihrem Wissen unternehmen? Wollen sie den Erdbewohnern dabei helfen sich friedlich zu entwickeln, oder wird die Abschlachterei von neuem beginnen? Lesen sie im II. Teil der Trilogie: „Der Mensch und die Schöpfung", den Roman:

„Der Zweck unseres Lebens"

Dem Autor gelingt es, trotz der schwierigen Thematik, glaubhaft und spannend eine fantastische Geschichte zu erzählen. Es werden möglicherweise auch viele Fragen auftreten, was der Autor so sicherlich auch beabsichtigt hat.

Bibliografische Information der Deutschen Nationalbibliothek.
Die Deutsche Nationalbibliothek verzeichnet diese Publikation in
der Deutschen Nationalbibliografie;
detaillierte bibliografische Daten sind im Internet über
http://dnb.d-nb.de abrufbar.

Mehr Informationen unter
BoD Verlag
www.bod.de

Inhalt

Meine Geburt

*Ich erwache im Dunkeln, weil die Vögel sich regen, ein Murmeln
in den Bäumen, das Flattern der Flügel. Es ist der
Morgen meiner Geburt, der erste von vielen.
Löwen brüllen über Tempel, und die
Erde bebt. Aber es ist nur das
Morgen, das Wache
hält über das Heute.*

Ägyptisches Totenbuch

Ich spüre eine machtvolle Kraft um mich herum, und kann sie nicht beschreiben. Jeden Augenblick, so empfinde ich jedenfalls meine Situation, werde ich davon geschleudert. Ist das alles wegen mir? Oder ist da etwas in Bewegung geraten, von dem ich nur ein winziger kleiner Teil bin?

Das einzige, was ich wirklich fühle, ist eine bedrückende Enge. Ich kann mich kaum bewegen. Die unglaubliche Hitze, die mich fast an den Rand der Verzweiflung bringt, wird immer unerträglicher. Es fehlt nicht mehr viel, und ich verbrenne vielleicht?.

Ich will aber nicht im Universum verglühen, da könnte ich mir ja meine Geburt sparen. Leben will ich! Wie komme ich bloß von hier weg, und das möglichst schnell und wenn es geht, auch sehr weit von diesem unheimlichen Ort. Von wegen Geburtsidylle.

Nanu, was passiert denn jetzt auf einmal?! Ich fange an mich um mich selbst zu drehen. Das Tempo wird immer schneller. Was soll denn das werden? Und überhaupt? Irgendwie habe ich das Gefühl, immer schwerer zu werden. Noch vor kurzer Zeit kam es mir so vor, als schwebe ich wie ein leichter Nebel durch das Universum. Je weiter ich ziehe, umso mehr verspüre ich das Gefühl, dass mich mein zunehmendes Gewicht erdrücken könnte. Na, wenigstens ist es nicht mehr so heiß um mich herum. Hoffentlich finde ich in dem ganzen Durcheinander einen Platz, an dem ich in Ruhe und Gelassenheit meine Bahn ziehen kann. Ein paar warme Strahlen auf meiner zarten Außenhaut könnten dabei auch nichts schaden. Vorher muss ich allerdings noch unbedingt den ganzen Geburtenstaub loswerden, sonst wird nichts mit molliger Gemütlichkeit auf meiner Haut.

"Mit jeder Geburt eines Planeten wird etwas Neues im materiellen Universum geschaffen, was es so noch nicht gegeben hat."

Dietmar Dressel

Wenn ich nur wüsste, wie ich das machen soll? Ich werde mich mal auf den Weg zu den riesigen Wolken machen, vielleicht ziehen die mir beim Vorbeisausen den staubigen Dreck von meinem schönen

Körper. Hoffe ich doch wenigstens. Die leben ja von diesem Zeug. Wie sehe ich denn sonst aus? Eingehüllt in lauter grauer und schmutziger Luft. Also, darauf kann ich echt verzichten.

Seit einiger Zeit zieht mich eine geheimnisvolle Kraft zu einem kleinen Lichtfleck der, je näher ich komme, immer heller wird. Sah er am Anfang so aus wie ein kleiner winziger Punkt im großen Universum, wird die kleine Kugel, und eine Kugel ist es, immer größer und größer. Wenn ich weiter darauf zurase, werde ich mit diesem Feuerball einen heftigen Zusammenprall erleben. Na, na – irgendwo sollte doch jemand sein, mit dem ich darüber reden könnte.

„Hallo, wo immer du auch bist, bitte lass das, ich will mit Niemandem zusammenstoßen. Könntest du bitte so nett sein, und dafür sorgen, dass ich vorbei fliege? Ich mein ja nur!"

„Kaum bist du auf der Welt, schon fängst du an zu schreien! Was macht dich denn so ängstlich?" „Danke, dass du da bist! Siehst du zufällig das was ich sehe?" „Natürlich! So eine große Feuerkugel ist ja nicht zu übersehen. Solche hellen, runden Körper nennt man in diesem materiellen Universum „Sonnen". Und damit du mich nicht unnötig danach fragen musst, was eine Sonne ist, erkläre ich dir das kurz:

„Eine Sonne nennt man auch Stern. So ein Stern ist ein gewaltiger, natürlicher Fusionsreaktor. Er produziert sehr viel Licht und Wärme tief in seinem Inneren. Das geschieht durch heftige Energieumwandlungsprozesse von verschiedenen Stoffen. Verursacht wird das, weil die gewaltigen Massen der äußeren Sternschicht im Zentrum so eines Sterns für ausreichend hohe Temperatur- und Druckwerte sorgen."

„Aha, habe ich nicht verstanden, aber ich werde darüber nachdenken. „Entschuldige bitte, wer bist du eigentlich? Und wieso verstehst du mich?" „Deine Fragen sind leicht zu beantworten. Ich bin ein Geistwesen aus dem „geistigem Sein", eingebettet in der „geistigen Energie". Du kannst „ES" zu mir sagen." „Klingt gut und lässt sich leicht merken. Ich habe mir auch einen Namen zugelegt. Du kannst „Venus" zu mir sagen. Der Name gefällt mir ganz gut." „Einverstanden! Und was das „Verstehen" betrifft. Ich verstehe nicht deine Sprache, sondern ich kann geistig fühlen, was du alles so denkst! Zurück zu deinem kosmischen Problem!"

„Ihr zwei, also die große helle Sonne und du seid hier ja nicht allein." „Und wo sind bitte die anderen alle, „ES"?" „Du hast in diesem riesigen großen Raum sieben weitere Planeten." „Entschuldige bitte, „ES", ich sehe hier nur die leuchtende Kuller. Und wo sind die anderen, von denen du gesprochen hast?" „Von deiner Art leben noch drei Planeten in der Nähe dieser schönen gelben Sonne. Es gibt zwar auch noch vier andere Planeten, aber deren Kreisbahn sind sehr weit weg von dir, und sie sind in ihrer Art völlig anders als ihr vier, die ihr euch hier in der Nähe der Sonne bewegt." „Wieso sind sie anders, „ES"?"

„Weißt du, liebe Venus, es werden Planeten geboren, die mögen es schön warm, so wie du. Und dann gibt es Planeten, die brauchen, um leben zu können, sehr viel Platz. Und mit der Wärme haben sie es nicht so.

In deiner Nähe kreist der Planet Mars, der Planet Merkur und der Planet Erde. So sind jedenfalls ihre Namen." „Das ist gut! Dann bin ich nicht so allein, so wie ich dachte. Nur sehen kann ich keinen von ihnen." „Hab Geduld, Venus, mit der Zeit wirst du sie finden. Der Planet Erde ganz in der Nähe deiner Bahn, ist fast so gebaut wie du. Ihr seid euch beide ziemlich ähnlich. Nicht weit entfernt von dir ist der Planet Mars. Er ist in seiner Art etwas ruppig, aber sonst ganz zugängig. So wie ich das sehe, entwickelt sich der Planet Merkur, der vierte in eurem Bund, zu einem richtigen Eigenbrötler.

Ihr werdet es nicht leicht haben, mit ihm eine enge kosmische Verbindung zu halten. Er wird so ein richtiger Einzelgänger werden, vermute ich jedenfalls!" „Danke, „ES", jetzt kenne ich wenigstens meine „Familie" und an der Sonne bin ich auch vorbei. Möchte mich mit ihr wirklich nicht anlegen. So groß wie sie ist, bleibt es bestimmt nicht nur bei kleinen Beulen auf meiner hübschen Kuller." „Du solltest ständig darauf achten, Venus, dass dein Abstand zu ihr so ist, dass du keinen Schaden nehmen kannst. Es wird die Zeit kommen, wo du in sie eingehen wirst, das dauert aber noch sehr, sehr lang. So, jetzt Schluss damit! Brauchst du mich noch? Ich habe nämlich noch viele andere Planeten, die meinen Rat brauchen?" „Nein, „ES", und danke für deine Hilfe!"

Nanu, wieso werde ich plötzlich so langsam? Ich will nicht wieder zurück, wo ich herkam, und bin heilfroh, dass ich diesen Glutball hinter mir habe. Also nein! Bitte nicht! Das kann in meinem Leben doch nicht so weitergehen, dass ich ständig an der hellen Kuller, oder wie „ES" sie bezeichnete, Sonne, vorbeifliege. Immer nur entlang an der heißen Kugel, hin und her. Der Abstand zwischen uns beiden wird auch immer geringer, na wenn das mal gut geht. Ich komm einfach nicht weg von ihr, und näher komme ich seit einiger Zeit auch nicht mehr. Schon sehr komisch! Zusehens rase ich nicht daran vorbei, sondern lass mich von ihr einfangen, und dreh mich schön behutsam um mich selbst, und so, wie ich das merke, auch um die helle Sonne herum.

Damit bekommt ja jeder Fleck auf meinem Körper regelmäßig Wärme und Licht ab. Nicht übel! Frag mich mal einer, wie das geklappt hat, ich weiß es nicht. Das Geistwesen „ES"? Klar, der weiß das natürlich. Hätte mir ruhig einen Tipp geben können.

Gar nicht so ungünstig, dieser Zustand. Zu schnell bin ich nicht, sonst fliege ich wieder von ihr weg, aber auch nicht zu langsam, damit ich nicht mit ihr zusammenpralle. Außerdem merke ich, wird es auf meiner Außenhaut angenehm warm. Na endlich! Die Hitze war ja fast nicht mehr zu ertragen. So könnte ich mir mein Leben vorstellen, und wer weiß, was sich durch die mollige Wärme auf meinem Körper alles so entwickeln wird.

Eine stürmische Kindheit

Ist nicht die Kindheit der verborgene Keim, aus welchem nach und nach der reiche Baum des Lebens mit allen seinen Leiden und Freuden sich auseinanderschlägt?

Johann Peter Hebel

Wenn mich jemand so sehen sollte, wird er vermutlich sagen: „Eine gut aussehende große Kugel, mit einer tollen Figur." Ich glaube, meine äußere Erscheinung ist bestimmt gut anzuschauen. In mein Inneres kann ja keiner hinein sehen. Außerdem ist es dort drinnen ziemlich heiß. Was es da zu gucken geben soll, weiß ich auch nicht. Na, so toll wird das sicherlich auch nicht sein, vermute ich mal. Schön rund und fest bin ich. Keine Staubwolken um mich herum, nur schöne warme und helle Strahlen, die von der Sonne kommen. Damit auch meine ganze Oberfläche in den Genuss dieses Lichtes und der Wärme kommt, dreh ich mich gleichmäßig nicht nur um die Sonne, sondern auch um mich selbst.

Mein Weg um die Sonne hat sich stabilisiert. Wir sind, praktisch gesehen, eine für beide Seiten zufrieden stellende Gemeinschaft eingegangen, die möglichst lange halten sollte, hoffe ich doch wenigstens.

Was meinte „ES" eigentlich damit, ich sollte mich mit dem Planeten Erde näher anfreunden. Vielleicht weil er nahe an meiner Kreisbahn seine Bahn zieht und auch ungefähr so groß und so gut gebaut sein soll wie ich. Am besten wird sein, ich kümmere mich erstmal um meine eigenen Belange, das andere rennt mir ja nicht davon. Wohin sollten wir auch fliegen, die Sonne hält uns ja fest.

Seit einiger Zeit verspüre ich auf meiner Oberfläche heftige Aufschläge. Ziemlich große Brocken fallen auf meine Außenhaut, und machen sich dort breit. Manche Sachen fühlen sich für den ersten Moment kalt an, das Gefühl lässt aber nach einiger Zeit wieder nach. Wenn ich das richtig empfinde, entstehen auf meiner gesamten Oberfläche große Massen, die sich nass anfühlen. Ich weiß nicht, was ich dazu sagen soll, Schmerzen empfinde ich jedenfalls nicht. Ich werde mal nach „ES" rufen. Ich verstehe das alles nicht, möchte es aber gern wissen wollen damit ich weiß, was auf meiner schönen Oberfläche alles so vor sich geht.

„Hallo, lieber „ES", könntest du dir bitte etwas Zeit für mich nehmen. Bei mir geschehen gewisse Dinge, von denen ich gern wüsste, ob sie mir schaden, oder ob ich sie vielleicht später einmal verwerten kann, und bestimmten Entwicklungsprozessen auf meiner Oberfläche auch zugutekommen werden?"

Es vergehen einige kosmische Zeiteinheiten, und die eigenartigen nassen Massen, so wie sie Venus empfinden kann, werden immer größer, und der mentale Ruf zu dem Geistwesen „ES" immer ungeduldiger. Endlich kann sie seine ruhige gedankliche Stimme erkennen.

„Warum bist du nur so schrecklich ungeduldig, hier bin ich doch! Also, liebe Venus, was bringt denn deine Unruhe und deine Sorgen so zum kochen?" „Endlich, danke dass du für mich Zeit hast. Kannst du mir bitte erklären, was alles so mit, und auf mir geschieht, und vielleicht noch geschehen wird?" „Ich verstehe deine Befürchtungen gut. Nehmen wir uns beide die Zeit, damit ich dir erklären kann, was in deiner unmittelbaren Nähe, und auf dir selbst, sich in nächster Zeit entwickeln und zutragen wird." „Sag mal, „ES", woher weißt du das alles?" „Aber Venus, ich bin doch ein Geistwesen und sehe jederzeit die ständigen Veränderungen im materiellen Universum. Hast du das vergessen?" „Entschuldige bitte. Also gut, dann fang mal an mir möglichst verständlich zu erklären, was mit mir geschieht. Wenn es mir zu schwer wird, schrei ich." „Das darfst du, aber bitte nicht zu laut."

Das Geistwesen „ES" erklärt dem Planeten Venus, welche großen und weitreichenden Veränderungen auf, und um den Planeten Venus in naher kosmischer Zukunft geschehen werden. Und inwieweit das gegebenenfalls auch Folgen haben wird.

Für kosmische Verhältnisse bist du noch eine ziemlich heiße Kugel, und die vielen Aufschläge die du verspürst, sind große Brocken aus fester Materie, die auf deiner Oberfläche aufprallen, und damit deine Temperaturen noch weiter aufheizen. Große Kolosse aus Eis, die ebenfalls auf deiner Außenhaut aufschlagen, sorgen allerdings dafür, dass sich deine heiße Oberflächentemperatur langsam abkühlen kann damit entstehen kann, was ja entstehen soll.

„Und was soll auf mir, wenn ich das mal so sagen darf, sich alles so entwickeln?" „Über dieses Thema unterhalten wir uns ein anderes Mal. Jetzt ist es dafür noch zu früh, und du zu jung dafür. Jetzt frag nicht gleich warum das so ist, es ist so! Genau genommen, bist du ja noch ein Kind, also liebe kleine Venus, alles zu seiner Zeit. So, jetzt aber weiter im Text!"

Wir waren bei den Temperaturen auf deiner Oberfläche stehen geblieben. Die großen Eismassen, die auf dir einschlagen schmelzen, und bilden weitreichende Wasserflächen. Ich nenne sie einfach mal Urozeane. Eine wichtige Voraussetzung, damit winziges Leben in einer möglichst großen Artenvielfalt entstehen kann. Was ich damit meine, erkläre ich dir später. In naher Zukunft wird sich dein Äußeres ganz erheblich verändern, das ist jetzt schon erkennbar.

„Nein! Sehe ich dann vielleicht aus, wie so ein altes Ungeheuer von einer Gesteinskugel?" „Aber nein, Venus! Deine Außenhaut bleibt nicht mehr so heiß und relativ glatt, sondern wird romantischer. Jetzt gib Ruhe, und frag mich bitte nicht, was Romantik ist. Lass mich weiter erklären."

Die Oberfläche deines Äußeren wird vorwiegend aus großen gewellten Ebenen, mit nicht besonders hohen Bergen bestehen. Diese festen Flächen werden mehr als die Hälfte deiner gesamten Oberfläche bedecken, und dich noch ansehnlicher aussehen lassen als jetzt. Die übrigen Teile deiner Oberfläche werden mit Wasser ausgefüllt. Damit bekommst du eine angenehme Oberflächentemperatur, die für entstehendes Leben sehr wichtig sein wird.

Damit du und der Planet Erde euch nicht so sehr von einander unterscheidet, damit meine ich, dass ihr beide ja ähnlich aussehen sollt, wird sich bei dem Planeten Erde die Oberfläche, also die äußere Erscheinung, ähnlich entwickeln wie bei dir.

„Wärest du damit zufrieden, liebe kleine Venus?" „Ja, ich denke schon! Die Vorstellung, ich sei das kleine hässliche Kullerchen, und meine liebe Erde ein hübscher bunter Ball, würde mich nicht begeistern. Und wer weiß, vielleicht kann das viele Leben, das ja wie du sagst, dann bei uns entstehen wird, miteinander spielen und sich austauschen. Na, mal sehen! Ich werde es ja erleben, sagst du jedenfalls." „Das wirst du, und glaub mir, so viel kann ich dir schon verraten, langweilig wird das für euch beide bestimmt nicht.

Manchmal entwickeln sich solche Lebewesen auch anders, als wir annehmen, und stellen großen Unfug an, gelinde ausgedrückt!" „Wie meinst du das, „ES"? „Lass dir das so erklären!"

Wie du ja aus unseren Gesprächen bereits weißt, wurdest du im materiellen Universum geboren, und wirst möglicherweise für eine sehr lange Zeit dort leben.

Alles was sich auf und in dir entwickelt, kleine Venus, ist so aufgebaut, dass sich alles in seiner Gesamtheit gegenseitig unterstützt und sich ergänzt, so dass du eigentlich nicht krank werden kannst, oder bei besonders schlimmen Situationen vielleicht sogar sterben müsstest. Nun entfalten hie und da einige Lebewesen, die sich aus dem komplexen Leben entwickeln können einen Hunger nach jeder Art von Materie, was dir und auch dem Planeten Erde ganz erheblichen Schaden zufügen könnte.

„Das will ich allerdings nicht, „ES"!" „Es dürfte dir schwer fallen, das zu unterbinden. Wenn es soweit ist, reden wir darüber. So, und nun wieder zu dir und wie es auf deiner Oberfläche weiter gehen wird."

In der kommenden Zeit wird sich um deinen Planeten eine schützende Lufthülle bilden, damit lebenswichtige Gase, die sich in der nächsten Zeit auf deiner Oberfläche entwickeln werden, nicht ins materielle Universum entweichen. Dort kann sie ja niemand gebrauchen.

Das alles wird einige Zeit andauern, und auch recht stürmisch zugehen. Durch deine optimale Nähe zur Sonne, wird sich auf dir eine warme und lebensfrohe Welt entwickeln. Gleiches gilt natürlich auch für den Planeten Erde. Keine Sorge, es tut nicht weh. Ihr beide könnt, bis sich das alles eingespielt und aufgebaut hat, erstmal ein kleines Schläfchen machen. „Das nehme ich wörtlich, lieber „ES"!" „Sollst du auch!"

Während sich das Geistwesen „ES" von Venus zurückzieht, und sich um andere Interessensgebiete kümmert, verzieht sich Venus in eine angenehme friedliche Traumwelt. Der Planet selber schläft natürlich nicht. Auf ihm vollziehen sich gewaltige Veränderungen. Erstmal sorgen ablaufprozessuale materielle Prozesse dafür, dass keine großen Eismassen auf dem Planeten Venus mehr aufschlagen, damit eine gewisse Ruhe auf der Oberfläche eintreten kann. Ganz langsam bildet sich eine Uratmosphäre. Noch fehlen in ihr wichtige Gase wie Sauerstoff, ohne dem sich Leben; gleich welcher Art nicht entwickeln kann. Die bereits formierten Land- und Wassermassen ordnen sich in stabile Formationen, und die langsam sinkenden, noch immer relativ warmen Temperaturen, werden zunehmend für das entstehende Leben erträglicher und sind damit eine gute Voraussetzung für vielseitige Entwicklungen auf der Oberfläche.

Wenn der Planet Venus, bei seinen Bemühungen, den richtigen Abstand zur Sonne zu finden, nicht so viel Geduld bewiesen hätte, und bei den teilweise wilden Bewegungen die Distanz etwas geringer ausgefallen wäre, könnte sich die Entstehung von ersten Spuren des Lebens nicht fortsetzen. Die Temperaturen wären zu heiß geworden, und das viele Wasser, die Quelle für die Entstehung von Leben, wäre verdampft.

In der Nähe des Bodens von größeren Gewässern, nahe an Vulkanen, bemühen sich derweil zaghaft kleinste organische Verbindungen zu einem winzigen Organismus zusammen zu wachsen. Dadurch bilden sich die ersten Spuren von Leben. Bakterienkolonien erblicken, im übertragenen Sinne betrachtet, das Licht der Welt.

Mit Hilfe der Photosynthese wird im zunehmenden Maße freier Sauerstoff gebildet, der sich in den natürlichen und ausgedehnten Speichern in der Atmosphäre ansammeln kann. Dank dieses Gases entwickeln sich immer mehr Bakterien mit unterschiedlichen Lebensformen und verbreiten sich über die ganze Venusoberfläche. Der Beginn des Lebens öffnet seine Tore.

Langsam könnte der Planet Venus, wenn er nicht gerade schlafen würde, die ersten sichtbaren Spuren des Lebens fühlen, und wie es emsig bemüht ist, sich zu entwickeln und zu verfestigen. Es ist die aktive Zeit des Lebens, in der sich eine große Vielfalt entwickeln wird. Lebewesen, die mit ihrer Umgebung gut zurechtkommen, entfalten sich prächtig und gewinnen die Oberhand. Andere, deren Lebensgrundlage im Wasser und auf der Bodenkruste schwindet, und die Veränderungen nicht verkraften, müssen sterben. Besonders in den großen Urozeanen, können sich bei guten Lebensverhältnissen immer größere Tiere ausbreiten. Die Vielfalt der Arten nimmt explosionsartig zu, und schafft bereits eine erkennbare Ordnung dafür, weshalb wer für wen da sein könnte, und welchen Zweck die unterschiedlichen Lebensformen erfüllen werden.

Vieles geschieht noch sehr experimentell, und nicht immer kann jede Lebensform überleben. Das muss so sein, denkt vermutlich Venus. Einen gewissen Spielraum zum Ausprobieren muß man der Entstehung des Lebens schon geben. Das fördert die Artenvielfalt und lässt auch den Schwachen eine gewisse Chance.

Nicht der Trieb unbedingt zu existieren sorgt dafür, was sich entwickeln kann und was nicht, sondern einzig und allein der Nutzen, den jedes einzelne Lebewesen für das andere erbringen kann, bestimmt darüber, ob es weiter leben wird, oder untergehen muss.

Schon kann man in den großen Ozeanen fischähnliche Lebewesen mit stark ausgebildeten Gebissen entdecken, die sich in räuberischer Art und Weise über ihre kleineren Artgenossen hermachen. Das scheint erstmal im hohen Maße nach einer großen Ungerechtigkeit zu schreien, ist es aber nicht. Die großen Fresser können nur existieren und sich entwickeln, weil ihnen ihre Umwelt Nahrung bietet. Und die Kleinen brauchen ein Korrektiv, damit sie sich nicht unkontrolliert vermehren können. Der Lebensraum soll ja für alle da sein. Eine Bedingung, auf die ein geschlossenes System, wie zum Beispiel ein bewohnbarer Planet, achten sollte. Wenn Lebewesen, gleich welcher Art, meinen das tun zu können was sie wollen, führt das zur Vernichtung ihrer Lebensgrundlage.

Auf einigen Stellen der Landmassen kann man die ersten zaghaften Bemühungen erkennen, wie sich Pflanzen und pflanzenähnliche Gebilde entwickeln. Die Vielfalt wird bereits üppiger, und ihr Wuchs beträgt bei einigen Arten beachtliche Ausmaße. Diese Entwicklung geht an verschiedenen Lebewesen im Wasser nicht unbemerkt vorüber, und einige beginnen sich mit dem noch unbekanntem Medium Land vertraut zu machen. Nicht immer geht das für einige gut aus, und sie verlieren ihr Leben, oder sterben gänzlich aus. Andere wiederum kommen sehr gut mit ihrer neuen Umgebung aus und vermehren sich prächtig.

Um sich fortzupflanzen, benötigen die Pflanzen Helfershelfer, die sie meist in der Tierwelt finden. Kommen die mit der raschen Entwicklung der Pflanzen nicht nach, oder sterben aus, durch welche Gründe auch immer, ist das für die stürmische Entfaltung der üppigen Pflanzenwelt nicht besonders vorteilhaft. Sie müssen sich dann um andere Geburtshelfer kümmern, und wenn die nicht zu finden sind, wird das weitere Wachstum ganz erheblich beeinträchtigt und verlangsamt sich spürbar.

Es ist für beide Seiten, für die Pflanzen und für die Tiere nicht immer leicht, in der noch unruhigen und unbeständigen Umwelt den richtigen Platz zu finden, um sich gegenseitig bei der Fortentwicklung beizustehen und zu unterstützen.

Der Pflanzenwuchs entwickelt sich immer stürmischer, und erobert, dank der fleißigen Unterstützung bestimmter Tierarten, die den Samen bis in weit entfernte Gebiete transportieren können, große karge Landmassen, die bisher noch nicht von der Pflanzenwelt besiedelt wurden. Das alles trägt dazu bei, dass sie sich immer besser ausbreiten kann. Auf diese Weise entstehen die ersten größeren Wälder, die wiederum eine verlockende Basis für die Tiere bilden, die hier Nahrung und Schutz finden und sich vermehren und weiter entwickeln werden.

Ziel dieser prozessualen Entwicklung ist es ja, Lebewesen entstehen zu lassen, die am Ende ihrer Entwicklung zu einem eigenen Erkennungsprozess gelangen, und sich möglicherweise zu denkenden körperlichen Lebewesen der höheren geistigen Ordnung herausbilden werden.

„ Wir alle sind nur eine weiterentwickelte Art von Affen, auf einem
unbedeutenden Planeten eines sehr durchschnittlichen Sterns.
Aber wir können das Universum verstehen. Das macht
uns zu etwas sehr Besonderem. “

„ Wir laufen Gefahr, uns aus Gier und Dummheit selbst
zu zerstören. “

„ Zu fragen, was vor dem Beginn des Universums war,
ist so sinnlos wie die Frage: Was ist nördlich
vom Nordpol. “

Stephen Hawking

Die Geburt meiner Kinder

„Der Schmerz der Geburt von denkenden körperlichen Lebewesen
der höheren geistigen Ordnung ist die Geburtenhilfe des
„geistigen Seins", eingebettet in der
„geistigen Energie".

Dietmar Dressel

Und wieder bemüht sich Venus mit einem großen Korb voller Fragen das Geistwesen „ES" zu erreichen, das sich, trotz kräftiger Rufe nach ihm, nicht melden will. Sie bräuchte dringend Antworten auf viele wichtige Fragen. Wo bleibt er nur! Immer wenn ich ihn nötig habe, hat er vermutlich keine Zeit und überhaupt Zeit? Was ist das schon wieder für ein Gebilde?

„Na, so schwer ist das doch mit der Zeit nicht zu verstehen, Venus. Entweder du hast sie, oder sie hat dich und manchmal hast du sie eben nicht. Und so wie du dich eben benimmst, hast du sie vermutlich nicht." „Ach, da bist du ja! Also, wie ist das mit der Zeit?

An dem was du sagst, ist ja tatsächlich was dran. Immer wenn ich dich gern in meiner Nähe hätte, geht mir die Zeit ab. Ich weiß zwar nicht wohin sie verschwindet, aber sie ist weg wenn ich sie brauche." „Zeit kannst du nicht so einfach mir nichts dir nichts verschwinden lassen, oder an dich anketten. So lässt sie nicht mit sich umspringen, kleine Venus. Entweder du nimmst sie wirklich ernst, oder du tust es nicht. Dann allerdings treibt sie dich vor sich her." „Ach was! Wer treibt hier bitte wen vor sich her?" „Dann schrei halt nicht ohne Unterlass ständig nach mir, und übe dich so lange in Geduld, bis ich mich bei dir melde." „Also gut! Was ist denn das nun schon wieder, Geduld?" „Jetzt bleiben wir erstmal bei der Zeit, kleine Venus. Für dich und für viele andere, ist es der absolute

Inbegriff um zu erklären, was irgendwann einmal war, oder gerade geschieht und möglicherweise einmal geschehen könnte. Das gilt für die große Materie, für die vielen Planeten und für das Leben auf ihnen. Für alles was einen Anfang und ein Ende hat ist der Begriff Zeit eine wichtige Definition um das zu begründen was schon längst geschehen ist, gerade so passiert oder einmal in naher oder ferner Zukunft eintreten könnte. Das gilt natürlich nicht für die Unendlichkeit des Universums." „Dann ist die Zeit für dich als Geistwesen bedeutungslos?" „Ja, so ist das, Venus. Für mich und natürlich auch für alle anderen Geistwesen existiert nur das „Jetzt" in seiner unendlichen Vielfalt des Ganzen." „Das bedeutet für mich, ich getrau mich das nicht zu denken, dass ich einmal sterben werde." „Ja, Venus, wie du dich bestimmt erinnerst, haben wir beide darüber schon gesprochen. Es wird die Zeit kommen, wo du in die helle strahlende Sonne, die dich so schön wärmt und dein Leben ermöglicht, eingehen wirst." „Das ist traurig! Ich würde auch gern in der Unendlichkeit leben wollen."

„In einem gewissen Sinne wirst du das auch." „Wieso? Du sagtest doch, dass ich sterben werde." „Wenn du dich mit der Sonne verbinden wirst, das dauert allerdings noch sehr lange, werden wieder neue Planeten, so wie du, entstehen. Was sich ändern wird, sind nur ihre Namen." „Das beruhigt mich, und nimmt mir die Angst vor dem Tod. Wenn du mich dann mit einem anderen Namen rufen wirst, vielleicht wieder mit so einem schönen wie jetzt, dann ist mir nicht bange vor dem was kommt. So, und wie ist das mit der Geduld, „ES"?" „Geduld ist, nur als Beispiel, liebe kleine Venus, wenn du es fertig bringst in Ruhe auf mein Kommen zu warten, ohne gleich wild im Universum herumzuschreien." „Aha, so was habe ich mir doch beinahe gedacht. Immer auf die Kleinen. Ja, ja - ich versteh das schon!" „Aber nein, Venus! Dein Wohlbefinden, und wie es dir geht, ist mir wichtig, wirklich! Das meine ich ernst! Für dich selber wird es notwendig sein zu lernen, geduldig zu sein. Das gibt dir Kraft, Ruhe und das richtige Maß an

Gelassenheit für dein Leben. Nicht alles was geschehen soll, muß sofort passieren. Gib den Ereignissen, um die es geht die Zeit, die sie brauchen. Wenn du das zu einem Teil deines Lebensinhaltes machst, wirst du gut damit auskommen. Glaube mir, ich weiß was ich sage." „Hast du noch etwas Geduld, um mir den Begriff Unendlichkeit zu erklären? Du erwähnst ihn manchmal und ich weiß nichts Verständliches damit anzufangen." „Musst du dir ausgerechnet das so ziemlich schwierigste Thema aussuchen?" „Ungern „ES", aber ich kann mir wirklich nur Null und Nichts darunter vorstellen!" „Also ehrlich gesagt, die Frage habe ich schon lange nicht mehr gehört. Gut, Venus, ich versuche dir das scheinbar Unerklärliche so begreiflich zu machen, dass du eine Vorstellung darüber bekommst, was die Unendlichkeit sein kann."

„Dass ich ein Geistwesen bin, und mein Universum das „geistige Sein", eingebettet in der „geistigen Energie" ist, weißt du ja. Was dir noch unbekannt sein wird ist, dass dein materielles Universum in meinem Universum energetisch eingebettet ist. Wieder zurück zur Unendlichkeit."

Wie ich dir bereits sagte, lebe ich im Universum des „geistigen Seins", eingebettet in der „geistigen Energie". Natürlich kann sich dein materielles Universum nur in einem bestimmten Maße ausdehnen, wie es die energetischen Prozesse in meinem Universum ermöglichen. Damit ist das Ende deines materiellen Universums abhängig vom Energiehaushalt meines Universums und von den räumlichen Grenzen im Raum/Zeit Kontinuum."

„Kannst du mir das bitte etwas einfacher erklären, „ES"?" „Stell dir einfach eine riesige, kosmische Blase vor, in der wir Geistwesen leben, und natürlich du als Planet mit den vielen anderen wunderschönen Planeten. Beide energetisch und materiell strukturierten universellen Gebilde sind in dieser Blase für immer eingebettet. Beide kosmischen Systeme können diesen energetischen Raum also dieses Raum/Zeit Kontinuum nicht verlassen." „Warum nicht, „ES"?" „Es entwickelte sich aus dem Denken der Gedanken des „geistigen Seins", eingebettet in der „geistigen Energie". „Versteh ich wirklich nicht, „ES". Warum entwickelte sich so etwas und für was soll das gut oder meinetwegen auch notwendig sein?" „Ich weiß es auch nicht, liebe kleine Venus. Es ist möglicherweise ein sehr komplexer energetischer Prozess zweier riesiger, energetischer Kräfte. Auf der einen Seite existiert das „Materielle", das sich im materiellen Universum strukturiert und entfaltet." Nur in diesem Universum kann sich auf bewohnbaren Planeten, so wie auf deinem Planeten Venus, Leben entwickeln, das sich einmal selbst erkennen kann. Im Laufe der Entwicklung wird sich zeigen, ob die Charaktereigenschaften, wie zum Beispiel: die Gier und der Hass die Oberhand gewinnen, oder die Charaktereigenschaften der Liebe und der Vernunft stärker sind." „Bevor du mir das alles weiter erklärst bitte, was ist Gier und Hass, „ES"?"

„Also gut, Venus, die Gier und der Hass sind die zwei übelsten Charaktereigenschaften von allen anderen, die das Denken der Gedanken und das daraus resultierende Verhalten und Handeln von denkenden körperlichen Lebewesen der höheren geistigen Ordnung mental beeinflussen. Gleiches gilt für die Charaktereigenschaften der Liebe und der Vernunft.

„Warum ist das so, „ES"?" „Ja, warum? Das ist eine kluge Frage, Venus. Die Gier und der Hass sind die giftigsten Gifte, die man sich im ganzen Universum überhaupt vorstellen kann. Sie sind der Nährboden und die Triebfeder für die schlimmsten Untaten die es gibt." „Entschuldige bitte, „ES", ich kann mir darunter nicht viel vorstellen." „So schwer ist das doch nicht, kleine Venus! Denkende körperliche Lebewesen der höheren geistigen Ordnung neigen dazu, bedingt durch die Charaktereigenschaften in ihrem Ichbewusstsein, sehr unterschiedliche Denkweisen und die daraus resultierenden Verhaltensweisen zu entwickeln."

Liebe Venus, stell dir solche Lebewesen vor. Sie müssen essen, trinken, schlafen und vermehren wollen sie sich ja auch. Und bei diesen Handlungen wollen sie immer mehr haben, obwohl es auch so reichen würde. Zum Beispiel: Um gemütlich zu schlafen, angenehm und ausreichend zu essen und viel zu trinken, bauen sie sich ein Haus und richten sich darin häuslich ein. So weit so gut.

Leider bleibt es nicht dabei. Haben sie das eine Haus fertig, wollen sie noch mehr davon. Können sie das aus eigener Kraft, und mit eigenen Mitteln nicht bewerkstelligen, nehmen sie ohne viel Federlesens, anderen das was sie unbedingt haben wollen einfach weg! Dabei stehlen sie nicht nur, sondern wenden Gewalt an, oder bringen die, denen das gehört, kurzerhand um.

Sie töten skrupellos ihre eigene Art. Nicht weil sie sonst sterben müssten, sondern nur, weil sie immer mehr besitzen wollen was sie eigentlich überhaupt nicht für ihr Leben benötigen. Klar ist, dass die, denen etwas weggenommen wird, das nicht besonders lustig finden, und sich mit Gewalt dagegen wehren. Dann gibt es noch ein paar ganz ausgekochte und skrupellos denkende dieser von mir genannten Spezies unter ihnen, die lassen Waffen herstellen.

„Was ist denn das für ein Zeug, „ES"?" „Zeug ist gut, Venus. Das sind Gegenstände mit denen sie sich, wenn sie sich so richtig in die Haare kriegen oder kriegen sollen, am besten abmurksen können."
„Das finde ich nicht lustig, „ES". Soweit ich mich erinnere, hast du mir erzählt, dass diese Spezies nur ein sehr kurzes Leben führt. Jedenfalls wenn ich bedenke, wie lange ich lebe.

Warum beenden sie ihr Leben bevor sie alt sind und ihre Lebensspanne zu Ende ist? Verstehe ich nicht, „ES", wirklich nicht!?"
„Na, dann ist solchen Lebewesen nicht zu helfen, „ES"!" „So ist das, liebe Venus! Und so schlachtet sich diese Spezies ab, fügt sich furchtbares Leid zu, und finden das auch in manchen Fällen noch

heilig und heldenhaft." „Ja gut, und wie ist das mit den Charaktereigenschaften der Liebe und der Vernunft, „ES"?" „Die Liebe und die Vernunft sind die, die sich bemühen, sich dieser brutalen Abartigkeit mental entgegen zu stellen. Die Liebe, meine kleine Venus, ist im ganzen Universum die stärkste Kraft die es gibt, die eine Zuneigung zwischen den körperlich denkenden Lebewesen der höheren geistigen Ordnung entwickeln kann, die unzertrennlich ist und nicht davon abhängt, ob sie auch erwidert wird. Sie bestimmt das Verhalten dieser Wesen ganz erheblich und nachhaltig."

„So ganz verdaut habe ich das noch nicht. Zumindest kann ich mir darunter was vorstellen. Für den Anfang muss das erstmal reichen. Und wie ist das mit der Vernunft, „ES"?" „Mit der Vernunft verbinden wir die Fähigkeit der geistig denkenden Lebewesen, aus dem im Verstand erfassten Erfahrungen und Beobachtungen, universelle Zusammenhänge herzustellen, deren Bedeutung zu erkennen, daraus Regeln und Prinzipien zu entwickeln und danach so zu handeln, damit sie sich gegenseitig keinen Schaden zufügen."

„Lass gut sein, „ES", ich dachte das ist nicht so schwer, wir können uns ja noch mal später darüber unterhalten, wenn auf meiner Oberfläche sich solche Lebewesen entwickeln sollten. Ich werde dann ja erleben, was sie alles so mit sich selbst und mit meinem Planeten anstellen werden." „Gut, Venus, lassen wir es bei dem bewenden, was du bis jetzt von mir erfahren hast. Nochmals zurück zu den unterschiedlichen Charaktereigenschaften.

„Diese verschiedenartigen Energiepotentiale sind die Triebfedern für die komplexen energetischen Prozesse im materiellen Universums. Langeweile kommt dadurch bestimmt nicht auf." „Langeweile, schon wieder so ein Begriff, mit dem ich nicht viel anfangen kann. Und wie ist das mit der Unendlichkeit, mein lieber „ES"? „Ach ja, die Unendlichkeit. Könnten wir beide uns nicht über die schönen bunten Wälder unterhalten, die auf deiner Oberfläche so prächtig gedeihen?" "ES", bitte, bleib ernst!" „Also gut, stell dir vor du fliegst und fliegst, und es wird immer dunkler um dich herum. Bis du überhaupt nichts mehr sehen kannst" „Na danke, da fliege ich bestimmt nicht hin!" „Ist doch nur ein Beispiel, kleine Venus. Wie solltest du in der Dunkelheit erkennen oder spüren, ob du am Ende bist?" „Ja schon, ich kann ja einfach weiter fliegen, dann sehe ich zwar das Ende nicht, aber ich fliege ja, und die Zeit vergeht auch." „Ach ja, die Zeit, das ist ein passendes Stichwort zum Thema Unendlichkeit." „Wie kommst du denn darauf, „ES"?" „Na, überall und um uns herum benötigen wir die Zeit, Venus." „Wieso brauche ich die? Ich kann sie nicht ansehen oder anfassen. Ich weiß nicht wie sie aussieht, also, ich kann prima darauf verzichten."

„Du willst doch bestimmt wissen, was gestern und heute sich alles so abspielte und geschieht, oder einmal hier in deiner Nähe vor sich gehen wird?" „Natürlich möchte ich das ganz gern wissen wollen, „ES"!" „Richtig, Venus, bei dir und bei vielen anderen Lebewesen ist das so! Vor allem Geschöpfe die beides besitzen, das Denken und einen Körper, du wirst solche Wesen auf deinem Planeten bald spüren können. Die Unendlichkeit benötigt dieses Wissen darüber, was geschehen ist, oder geschehen könnte nicht. Die Unendlichkeit ist das Ende der Vergangenheit und das Ende der Zukunft. Für die Unendlichkeit existiert nur das „Jetzt", und da ist die Zeit überflüssig."

„Wieso brauche ich sie da nicht, „ES"?" „Weil die Zeit nur darstellbar ist, wenn es eine Differenz gibt, also zum Beispiel die Zeitgröße zwischen Vergangenheit und der Zukunft. Die Unendlichkeit ist ewig! Und warum? Weil sie „Ist". „Ach du lieber Schreck! Also ehrlich, bei deinen letzten Worten wurde mir richtig unheimlich, lieber „ES"." „Lass dich trösten, kleine Venus, damit bist du nicht allein! So, jetzt aber wieder zu den Dingen, die sich auf deiner Oberfläche in naher Zukunft entwickeln werden."

„Gute Idee, lieber „ES", du erinnerst dich bestimmt daran, dass du mir in unserem letzten gemeinsamen Gespräch versprochen hattest, mich darüber aufzuklären, was auf meinem Äußeren so entstehen soll und dass würde ich schon gern wissen wollen. Es brodelt auf meiner Oberfläche, und ich weiß nicht was, oder besser, wer da so alles herumwerkelt, ohne mich zu fragen ob ich das überhaupt gut finden werde." „Also Venus, wie kann ich dir am besten erklären, wie sich das Leben auf deinem Planeten grundsätzlich entwickeln wird." „Versuch es doch mal ganz einfach, du kluges Geistwesen."

Wie du ja schon weißt besteht das Universum, in dem du dich bewegst, zu einem großen Teil aus Materie, Energie und einem Raum/Zeit Kontinuum. Allerdings ist die in diesem Universum existierende Materie nicht immer so groß wie du als Planet, sondern sehr unterschiedlich in ihrer Größe und Struktur aufgebaut. Manche Materieansammlungen sind mächtig, wie zum Beispiel Sonnensysteme oder Galaxien und einige wiederum sind winzige kleine materielle Bausteine, die in besonderer Weise für die unterschiedliche Entwicklung der Materie und für energetische Wandlungsprozesse wichtig sind.

„Es sind also die kleinen Teilchen, die das Materielle und möglicherweise auch das Leben schaffen, und nicht die großen Brocken, so wie ich, „ES"? „Richtig, Venus! Die großen Planeten, so wie du, benötigen diese kleinen Teilchen, um geboren zu werden, sich zu entwickeln und am Leben zu bleiben." „Aha, so ist das also, verstehe!" „Wenn dann alle erforderlichen Bedingungen eintreten, entwickelt sich aus den kleinen, materiellen Bausteinen und aus den kleinsten Teilchen des Lebens das Leben, das sich so aufbaut, dass eines des anderen Lebenspartners ist." „Wie meinst du das?" „Was die einen nicht brauchen oder ausscheiden, ist für die anderen eine wichtige Lebensgrundlage, oder sie ergänzen sich bei der Fortpflanzung."

„Was ist das, „ES", Fortpflanzung?" „Das wäre zum Beispiel, wenn du dich mit dem Planeten Mars zusammenkoppelst, und danach viele Marsplaneten und Venusplaneten herumkreisen." „Schreck lass nach, das meinst du doch nicht wirklich so? Oder etwa doch?" „Nein, sicher nicht! Die Fortpflanzung geschieht, wenn sich zwei Bausteine des Lebens zusammen tun, oder andere Bausteine ihnen bei der Teilung helfen. Manchmal genügt einfach nur ein kräftiger Wind, und schon entstehen immer mehr von ihnen, die sich davon beeinflussen lassen. So ist das!"

„Na, so ganz verstehe ich das alles noch nicht, aber ich kann dich ja fragen, wenn ich nicht mehr weiter weiß." „Jetzt stell dich nicht so an, du bist doch nicht allein im materiellen Universum. Natürlich können weiterentwickelte Lebewesen, besonders wenn sie denken können, aus den kleinen Bausteinen der Materie auch andere Stoffe entwickeln, die auf einem Planeten, so wie auf deinem, nicht existieren. Das liegt daran, was diese Lebewesen eigentlich so wollen. Auf einigen bewohnbaren Planeten habe ich schon sehen können, dass denkende körperliche Lebewesen der höheren geistigen Ordnung versuchten selbst das Leben zu entwickeln. Sie glaubten, dass, wenn sie verschiedene Teilchen zusammenmischen, daraus vielleicht Leben entsteht. So einfach ist das ja wirklich nicht.

So wie ich die Entwicklung auf deiner Oberfläche verfolge, werden wir beide möglicherweise über dieses Thema nochmals sprechen. Es ist nicht meine Aufgabe darüber zu entscheiden, wie sich solche Lebewesen verhalten sollen, um auf einem bewohnbaren Planeten am Leben zu bleiben. Das entscheiden sie gefälligst selbst." „Kann ich mir lebhaft vorstellen, lieber „ES"? Ja gut, und was ist mit dem Universum des „geistigen Seins", eingebettet in der „geistigen Energie"?" Ja gut, Venus. In meinem Universum existiert keine Materie, also zum Beispiel Planeten, Galaxien und Sterne so wie bei dir." „Ist das nicht recht langweilig, wenn man nichts sieht und anfassen kann? Und überhaupt, wie entsteht da das Leben?"

„Sehr gut, Venus, das ist wirklich eine kluge Frage." „Danke, „ES"."
„In meinem Universum entsteht kein Leben im materiellen Sinne
denkend. In meinem Universum existieren und leben die geistigen
Wesen, so wie ich. In diesem Universum ist die Liebe, die Vernunft
und das Fühlen eingebettet, und das beeinflusst das Denken der
Gedanken von uns Geistwesen und damit natürlich auch unser
Verhalten und Handeln. In diesem Universum geschehen keine gewaltigen Explosionen und große Veränderungen. In unserem Universum gibt es nur die Liebe, Frieden und Stille. Wir haben über
dieses Thema ja schon gesprochen."

„Ja gut, „ES", und was geschieht mit den Lebewesen auf meiner
Oberfläche?" „Wenn sich das Leben auf deinem Planeten und auf
den vielen anderen bewohnbaren Planeten bemüht sich selbst zu
erkennen, wird es von der geistigen Energie unseres Universums
berührt." „Verstehe ich nicht, „ES", warum?" „Dadurch haben diese
Lebewesen die Möglichkeit, nicht nur sich selbst zu erkennen,
sondern es kann sich jedes Einzelne Lebewesen von ihnen für sich
selbst entscheiden, wie es auf einem bewohnbaren Planeten, auf
dem es existiert, leben möchte. Bindet es sich ein in die Umwelt die
sie umgibt, oder führt es ein Leben nach eigenem Ermessen. Beides
ist möglich, und beide Entwicklungen bestimmen ganz entschei-
dend die Existenz des geistigen Universums, als auch das materielle Universum. Ich denke, Venus, das ist wirklich noch zu kompliziert für dich. Ich verspreche dir, dass wir beide noch mal zu
einem späteren Zeitpunkt darüber diskutieren werden." „Einverstanden! Das alles ist wirklich nicht leicht für mich, sofort und
auch noch alles zu verstehen. Wie wird es auf meiner schönen
Oberfläche weitergehen, lieber „ES"?" „Ich werde versuchen, dir
diese Etappen in deinem Leben möglichst leicht verständlich zu
erklären."

Wie du bereits weißt, haben sich auf deinem Planeten große Was-
ser- und Landmassen gebildet. Die Temperatur hat sich für die

Entwicklung des Lebens optimal angepasst, die Atmosphäre, die sich in letzter Zeit bildete, schützt deine Außenhaut vor schädlichen Einflüssen, und einfaches Leben und Pflanzen beginnen sich zu entfalten. Alles in allem, sind das gute Grundlagen, damit sich aus dem bereits entstandenen Lebewesen höheres Leben, und möglicherweise auch körperlich denkende Lebewesen der höheren geistigen Ordnung entwickeln können.

„Was macht dich da so sicher, „ES", dass sich auf meinem Planeten eventuell auch denkende Geschöpfe herausbilden werden? Ich meine diese körperlich denkenden Lebewesen der höheren geistigen Ordnung, von denen du immer sprichst, wenn du denkende Lebewesen im Sinn hast." „Ja, was macht mich da so sicher?"

Notwendig sind dafür, um diese Lebensform entstehen zu lassen, liebe Venus, bestimmte und sehr aktive, physikalische und chemische Energiewandlungsprozesse aus den bis jetzt entstandenen Lebensformen. Wir haben beide bereits darüber gesprochen. Natürlich sind auch erhebliche biologische Prozesse erforderlich, die auf deinem Planeten bereits im Gange sind. Allerdings werden sie noch einige Zeit brauchen, um das entstehen zu lassen, was entstehen soll. Du wirst Geduld brauchen. Und was du darunter zu verstehen hast, weißt du ja bereits. Sie wird eines der wichtigsten Charaktereigenschaften von dir werden, die zu lernen für dich von großem Nutzen sein wird.

Ich habe solche Entwicklungen, wie bei dir, auf dem einen oder anderen Planeten verfolgen können. Am Ende der Evolution stehen meist die denkenden körperlichen Lebewesen der höheren geistigen Ordnung. Vertrau mir, ich weiß was ich sage. Ich verstehe ja, dass du neugierig auf diese Spezies bist, aber glaube mir, manchmal können diese Art von Geschöpfen auch äußert unangenehm werden, und einem bewohnbaren Planeten ganz erheblichen Schaden zufügen. Was dir vermutlich, sollte es so kommen, nicht besonders gefallen wird. Sie entwickeln zeitweise einen Tatendrang, aus welchen Gründen auch immer, vermutlich ist es die Gier nach einem immer besseren materiellen Leben, und die überspannte Selbsteinschätzung, alles besser zu können. Noch ist das nicht soweit, und so schlimm wie ich das gerade meinte, muß es ja nicht kommen.

„Danke, „ES"! Sag mal, entwickeln solche von dir genannten Lebewesen auf allen bewohnbaren Planeten, auf denen sie leben, so einen Tatendrang, wie du das eben erzähltest?" „Bei manchen von dieser Art könnte man das tatsächlich annehmen, aber nein! Ganz so schlimm ist das mit ihnen nicht. Sie besitzen einen Körper, manche von ihnen auch so einen schönen runden, so wie du. Natürlich viel, viel kleiner, der wird von Beinen getragen und bewegt, und oben auf dem Körper ist der Kopf angewachsen. So nennt man ihn bei dieser Art Lebewesen." „Was ist ein Kopf, „ES"? „Stell dir eine kleine runde Kuller vor, die oberhalb des Körpers ihren Platz hat. Oben auf dem Kopf sind meistens Haare, so nennen sie dieses struppige Fell jedenfalls. Vermutlich muss das so sein, damit es im Inneren des Kopfes nicht zu kalt oder zu warm wird. Möglicherweise wollen sie damit nur anders aussehen, so vermute ich mal. Wer weiß das schon so genau. Auch die wichtigsten Sinnesorgane sind am und im Kopf untergebracht." „Was sind Sinnesorgane, „ES"? „Diese Lebewesen brauchen solche Körperorgane, damit sie ihre Umwelt sehen und fühlen können. Auch zu ihrer Verständigung, also wenn sie miteinander reden wollen, brauchen sie Ohren zum hören und einen Mund, damit sie sprechen können. Du, als Planet, willst ja vieles wahrnehmen, was um dich herum und in deinem Inneren geschieht. Stell dir vor, wir beide könnten unsere Gedanken nicht austauschen."

„Schreck lass nach, „ES", das wäre ja furchtbar. Ich könnte nicht nach dir rufen, und du würdest mich nicht hören, na danke!" „Richtig, Venus! Für alle denkenden Wesen, ob sie nun aus Materie bestehen, oder ob sie, so wie ich auf geistiger Ebene existieren, ist es wichtig, dass wir alles, und zu jeder Zeit erkennen können, was um uns herum geschieht, und das uns auch mitteilen können, sonst wäre ja das Denken möglicherweise überflüssig."

„Aha, verstehe! Dann ist wohl der Kopf, und das was drinnen ist wohl sehr wichtig für diese Spezies?" „Ja, Venus, der Kopf ist bei dieser Spezies der wichtigste Körperteil, oder sollte es wenigstens sein. Lass dir ein Beispiel erzählen, bei dem manche Geschöpfe dieser Spezies ihren Kopf für alles gebrauchten, nur nicht zum vernünftigem Denken der Gedanken."

Sehr weit entfernt von deinem Planeten, in der Nähe einer wunderbaren gelben Sonne, kreiste ein Planet um sie herum. Es war auch so ein schöner lebendiger Planet, mit einer üppigen Oberfläche, so wie bei dir. Es entwickelte sich auf ihm diese von mir genannte Spezies, die in ihrem zerstörerischen Verhalten nicht zu überbieten waren. Für sie gab es ausschließlich nur ihr Leben, und wie sie es ständig verbessern konnten, ohne dabei auf die eigentlichen Lebensgrundlagen für ihre Existenz, den Planeten mit seiner Pflanzen- und Tierwelt Rücksicht zu nehmen.

Für sie gab es keine wohlbedachte Ordnung für ein gemeinsames Miteinander. Für die überwiegende Mehrzahl dieser Spezies auf den Planeten gab es nur sie selbst. Alles was nicht für sie dienlich war, wurde ausgerottet! Die Ressourcen, die für die gesamte Flora und Fauna notwendig sind, wurden rücksichtslos für die eigene, egoistische Lebensweise ausgebeutet, ohne darauf zu achten, dass sie nachwachsen können, und das Gleichgewicht auf dem Planeten dadurch erhalten bleibt. Die einfachsten chemischen und physikalischen Gesetze, die das Leben auf dem Planeten gewährleisten, wurden missachtet und mit Füßen getreten.

Das Schlimmste an ihrem abartigen Verhalten war die Tatsache, dass sie über das schädliche Tun, und ihr verschwenderisches Handeln genau Bescheid wussten, die Folgen dafür erkannten und was man unternehmen müsste, um im Einklang mit allem Leben auf dem Planeten gut auszukommen. Wie ein denkendes Lebewesen ohne Verstand, rasten sie mit immer schnellerem Tempo auf ihr Ende zu, das sie nicht sehen wollten. Ihnen war genau bewusst, was geschehen wird, wenn sie so weiter leben. Ihr Verhalten änderten sie deswegen in keiner Weise. Ich habe so etwas in deinem materiellen Universum nur in wenigen Ausnahmefällen erleben müssen.

Die Folgen waren verheerend. Die Temperaturen auf dem Planeten wurden unerträglich heiß. In ihrer Not experimentierten sie mit den Kräften der Sonne, um den bestehenden Abstand zwischen ihrem Planeten und der Sonne zu vergrößern, damit sich die Oberfläche abkühlen kann. Es gelang ihnen tatsächlich, die Entfernung zur Sonne zu verändern. Was ihnen nicht gelang war, dieses Abtriften von ihr zu stoppen.

„Was ist mit diesem Planeten und seinen Lebewesen geschehen, „ES"?" „Ihr waghalsiges Unternehmen nahm ein schreckliches Ende. Der Planet löste sich aus der Umlaufbahn zu ihrer Sonne, und nahm einen Weg in die Dunkelheit des materiellen Universums. Dabei kollidierte der Planet mit einer großen Sonne. Mit einem furchtbaren, lauten Knall brach er auseinander, und die Reste wurden von der Sonne kurzerhand einverleibt."

„Wenn ich das richtig verstehen soll, wurde das gesamte Leben dabei ausgelöscht?" „Ja, liebe Venus. Ähnliches geschah auf einem Planeten in einer anderen Galaxis, du kannst sie von hier aus nicht sehen. Die dort lebende Spezies war auch mehr daran interessiert, immer mehr materielle Güter an sich zu raffen, anstatt mit Vernunft und Demut ihr Leben zu gestalten." „Was passierte mit diesem Planeten, „ES"? „Sehr große Eisflächen auf den riesigen Bergen lösten sich durch die immer wärmer werdenden Temperaturen, für die diese Wesen selbst verantwortlich waren, in Wasser auf, und verlagerten damit das bestehende Gleichgewicht des Planeten." „Was ist das, Gleichgewicht, „ES"?" „Du spürst doch, Venus, wie sich dein Körper ganz ruhig und gleichmäßig um sich selbst dreht." „Ja, merke ich." „Durch die Eisschmelze verlagerte sich das Gewicht auf der Oberfläche ganz erheblich, und der Rhythmus der Drehbewegungen veränderte sich, und wurde ungleichmäßig, mit der Folge, dass sich der Planet nicht von seiner Sonne entfernte, sondern auf sie zuraste. Die Spezies, und auch alle anderen Lebewesen und Pflanzen verloren ihre Lebensgrundlage und ihr Leben. Der Planet büßte seine Existenz ein. Die Sonne bekam einen besonders großen Happen zum Verspeisen und war darüber bestimmt nicht traurig.

Und so könnte ich dir einige Beispiele erzählen, bei denen diese Spezies eine wesentliche Schuld für den Untergang von Planeten zu tragen hatten. Ich vermute, dass sich das auch nicht so schnell ändern wird." „Mein ganzes Wesen sträubt sich dagegen zu glauben, dass sich körperlich denkende Lebewesen der höheren geistigen Ordnung so lebensfeindlich verhalten, „ES". Sie haben doch ihren Kopf nicht dafür, dass sie ihre Haare spazieren führen, sondern dafür, dass sie ihr Handeln gründlich überdenken, ob es richtig oder falsch ist." „Die Gier ließ sich nicht durch die Kraft der Liebe und der Vernunft verdrängen, leider!"

„Was würden die Geschöpfe dieser Spezies tun, wenn sie, aufgrund der gemachten Erfahrungen, nochmals das Leben auf ihrem Planeten zurückgewinnen könnten, „ES"?" „Ja, was würden sie wohl tun? Ich weiß es nicht, Venus! Wirklich! Ich weiß darauf keine Antwort! Die Art, wie Geschöpfe dieser Spezies manchmal denken, wird mir wohl ewig ein Rätsel bleiben." „Ich kann das auch nicht verstehen, „ES". Du hast mir einmal gesagt, dass diese Geschöpfe auf einem bewohnbaren Planeten nicht lange leben, also im Verhältnis zu meinem Leben." „Das ist richtig, Venus." „Da müsste ihnen doch die Vernunft schon sagen, dass sie mit ihrem Leben nicht so leichtfertig umgehen sollten, oder irre ich mich bei solchen Überlegungen, „ES"? Sie haben dieses Leben auf einem Planeten doch nur einmal, und können es nicht beliebig wiederholen." „Könntest du mich nicht etwas Leichteres fragen, liebe Venus?" „Du warst schon lustiger, „ES". Könnten Geistwesen diese Spezies nicht zur Ordnung rufen, und ihnen deutlich und unmissverständlich sagen, wie sie sich in der großen Gemeinschaft des Lebens zu verhalten haben?" „Nein, Venus, das geht nicht, auch wenn ich das manchmal gern möchte." „Wieso nicht, „ES"?" „Na, lassen wir dieses schwierige Problem, Venus, zurück zu deiner Frage. Also, was kann ich tun, oder nicht tun."

„Sieh mal, Venus, wie sollen sich bestimmte Charaktereigenschaften, über die wir beide schon gesprochen haben, als zum Beispiel: die Gier und der Hass entwickeln können, wenn die Grundlagen, um solch ein typisches Charakteristikum zu bilden, nicht vorhanden sind." „Verstehe ich nicht, „ES". Geht's vielleicht etwas leichter für mich?"

„Was Gier ist, oder wie sich die Gier charakterlich und praktisch äußert, ist dir ja bekannt." „Weiß ich, und kann mir das Gierigsein auch vorstellen." „Das ist ja interessant! Kaum auf der Welt, und schon kommt deine lüsterne Phantasie nach „Mehr" schon in Schwung." „ "ES" – bitte! Es ist doch nur ein Spiel, ich stehe, trotz meiner Jugend über solchen charakterlichen Verfehlungen." „Weiß ich doch, Venus. Also, lass mal deine Gedanken spielen!" „Wenn ich richtig gierig nach einer Menge materieller Dinge wäre, um größer und dicker zu werden als ich schon bin, würde ich mir, mal nur so als Beispiel, meinen Nachbarn, den Planeten Erde gern einverleiben." „Ach was? Und wenn sie gegebenenfalls etwas dagegen hätte? Ich mein ja nur, möglich wäre das ja." „Kein Problem, "ES"! Dann würde ich mir einen Planeten suchen, ihn mit Waffen bestücken und den Planeten Erde mit Gewalt unter meine Fittiche

nehmen." „Aha! Und wenn sie das nicht will? Ich frag ja nur!"
„Dann werde ich sie mit Waffengewalt dazu zwingen." „So, so! Und
wenn sie dann immer noch nicht klein beigeben sollte? „Dann lass
ich sie abmurksen." „Ach nein!" „Aber ja! Das würde ich tun!" „Und
warum würdest du das so erledigen?" „Ganz einfach, weil ich das so
will! Basta, fertig und Schluss. Oder wie du hie und da so schön
anmerken kannst: „Und aus die Maus"!"

„Sehr gut, Venus! Ich sehe, du hast das mit der Gier verstanden."
„Du hast mir das ja alles prima erklärt!" „Dann verstehst du auch,
worin die wesentlichen Aufgaben begründet sind, damit die körperlich denkenden Lebewesen der höheren geistigen Ordnung ihre
Charaktereigenschaften, und zwar die guten und die schlechten,
praktisch ausleben können, oder ist dir noch was unklar?" „Ja,
„ES", so richtig verstehe ich das immer noch nicht!"

„Also gut, Venus! Ein Beispiel für die positiven Eigenschaften bei
denkenden körperlichen Lebewesen der höheren geistigen Ordnung, ist das Mitgefühl. Stell dir vor, auf deinem Planeten leben
solche Geschöpfe aus der von mir genannten Spezies. Eines von
ihnen streift durch den Wald, um essbare Pflanzen zu sammeln.
Plötzlich hört es ein jämmerliches Wehklagen. Schnell schaut es
nach woher und von wem die Schreie kommen könnten, und
entdeckt ein kleines Tier, das sich am Bein verletzt hat und nicht
mehr laufen kann. Schnell hebt es das verwundete Tier auf, und
bringt es nach Hause. Durch die liebevolle Pflege wird das Tier
gesund, und kann wieder allein im Wald leben."

„Dem Sinn nach verstehe ich die Handlung schon. Ich denke, das
ist doch ein ganz normales Verhalten von solchen Geschöpfen von
denkenden körperlichen Lebewesen der höheren geistigen Ordnung, oder nicht?" „Ist es eben nicht, Venus! Nur denkende körperliche Lebewesen der höheren geistigen Ordnung, die fähig sind,
das Leid und den Schmerz betroffener Lebewesen auch wirklich zu

fühlen, werden sich so verhalten." „Ja gut, und was machen die anderen Geschöpfe dieser Spezies, die kein Mitgefühl aufbringen wollen?" „Die lassen das leidende Tier liegen, und gehen weiter." „Das ist unvernünftig und ohne Gefühl. Es kann doch möglich sein, dass sie auch in so eine schlimme Situation kommen, wo sie möglicherweise verletzt am Boden liegen und dringend Hilfe benötigen? Was dann, wenn alle vorbei gehen, und keiner sich um sie kümmern würde?" „Soweit denken solche gefühllosen Wesen nicht. Sie sehen nur sich selbst, alles andere ist ihnen völlig gleichgültig." „Das ist ja widerlich, „ES"! Eigentlich dürfte so ein Verhalten nicht vorkommen." „Es ist aber so, Venus!

Jetzt noch ein Beispiel für drei äußerst schlechte Wesensarten von einigen Geschöpfen dieser Spezies. Wir nehmen wieder deinen Planeten Venus als Beispiel. Stell dir vor, viele dieser Geschöpfe auf deiner Oberfläche leben auf festem Land mit Bergen, Wäldern, Grasflächen und Gewässern. Die Tierwelt auf dem Land und im Wasser ist artenreich. Alles was sie zum Leben benötigen wächst üppig, und ist ausreichend vorhanden.

In weiter Entfernung von ihnen lebt auch eine große Zahl von dieser Spezies, deren Bodenflächen nicht so optimal beschaffen sind, und viel Arbeit notwendig ist, damit sie ausreichend zu Essen haben, sich ein einfaches Dach über den Kopf bauen können, und das tägliche Leben mühsam und sehr anstrengend für alle ist. Natürlich laden sich die beiden Lebensgruppen ein und die, denen es deutlich besser geht, geben auch gern etwas von ihrem Wohlstand ab. Das reicht denen, die sich wesentlich mehr anstrengen müssen und weniger besitzen nicht. Sie wollen den gleichen Wohlstand, und möglichst noch mehr als die anderen. Was so nicht möglich ist, weil die ihr fruchtbares Land verständlicherweise nicht verlassen, oder anderen überlassen wollen. Langsam kriecht in die Herzen und in die Köpfe dieser scheinbar benachteiligten Geschöpfe die Charaktereigenschaft Neid und Missgunst ein.

„Was ist denn das nun wieder, Neid und Missgunst, „ES"?" „Das sind auch so üble Charaktereigenschaften. Nicht die ganz Übelsten von allen, aber meist sind sie die Vorboten von schlimmen Gesellen und der Anfang zu krassem und grausamen Handeln." „Ach so, verstehe!"

Die Überlegungen dieser von mir genannten Geschöpfe konzentrieren sich nicht darauf, ihr Leben auf dem eigenen Grund und Boden zu verbessern, indem sie ihre Bemühungen verstärken, und ideenreicher mit dem was sie besitzen umgehen, sondern sie sehen nur noch neidvoll auf die anderen, denen es offensichtlich besser geht. Neid, und sehr viel von dem Gedankengut Missgunst gedeihen in solchen Köpfen, die möglichst ohne eigene Arbeit die Früchte anderer ernten wollen. Allein schon die Vorstellung, dass es anderen besser geht als ihnen selbst, lässt solche denkenden körperlichen Lebewesen der höheren geistigen Ordnung nicht zur Ruhe kommen. Ihre ganzen Überlegungen konzentrieren sich zunehmend darauf, wie sie in den Besitz von Sachen und die vielen anderen Vorteile, die sie nicht haben, herankommen können, ohne sich dabei besonders krumm legen zu müssen.

Diese verwerflichen Gedankenspiele, die in ihren runden Kugeln wie böse Geister herumrumoren, und mit immer kräftigeren und aggressiveren Angriffen zum Erfolg kommen wollen, lassen sie jedes vernünftige Denken vergessen. Diese gedanklichen Vorsätze, die ein würdiges Handeln möglich machen würden, werden systematisch und sehr zielstrebig in eine dunkle geistige Kammer eingelagert.

„So ein Lager könnte ich auch gut gebrauchen, „ES"." „Sag mal, für was brauchst du ein geistiges Lager, verstehe ich nicht, Venus." „Ich würde flugs meine Ungeduld darin verstecken, damit sie mich nicht mehr nerven kann." „Aha, daher weht der Wind. Das lass mal lieber sein!" „Weiß ich doch, „ES", war ja nur so ein kleiner Gedanke. So weit so gut, bis hier her versteh ich ja alles, aber? Wieso werden sie dabei so brutal, und töten andere, nur um ihr Hab und Gut an sich zu raffen, „ES"?" „Die mental bösartig wühlenden Kräfte des Neides und der Missgunst werden immer aufdringlicher und lassen viele dieser Geschöpfe, gemeinsam mit der Gier, die bereits einen nicht mehr wegzudenkenden Platz in ihrem Kopf eingenommen hat, nur noch daran denken, mit welchen Mitteln und Methoden sie sich den Besitz der scheinbar Wohlhabenden schnellstens aneignen können. So, und nicht anders laufen solche schlimmen Denkprozesse und das daraus resultierende Verhalten und Handeln ab, liebe Venus."

Und jetzt passiert das, was du bereits so schön am Beispiel des Planeten Erde geschildert hast. Ist das Klauen und Morden einmal in Gang gesetzt, ist es nicht mehr aufzuhalten und endet erst, wenn einer von den Kontrahenten zerschlagen und zerschmettert am Boden liegt. Glaubt nun der Sieger, dass er alles hat was er haben wollte, wachsen bei dem Verlierer die Gedanken wie er sich das alles wieder zurückholen könnte. Und so geht das Spiel immer weiter, ohne dass es jemals einen Sieger geben wird. Hilflos und ohne jede Unterstützung bleiben bei solchen brutalen Auseinandersetzungen immer die Kinder, die Schwachen und die Kranken aus der Spezies von denkenden körperlichen Lebewesen der höheren geistigen Ordnung.

„Schrecklich, „ES"! Wirklich schrecklich!" „So ist das liebe Venus. Oder wie ich immer so sage: „Und aus die Maus!"

„Du verstehst an so einem Beispiel auch, liebe Venus, dass sich gewisse Charaktereigenschaften, ob gute oder schlechte, sich nur entwickeln können, wenn sie die erforderliche materielle Umwelt vorfinden. Wie sollte auch in einer geistigen Welt jemand ein bösartiges Verhalten entwickeln? Zum Beispiel: neidisch und missgünstig werden, wenn es nichts, außer einer geistigen Welt gibt, in der man weder etwas Materielles besitzen kann, noch die Möglichkeit besteht, anderen etwas wegzunehmen, was sie selber nicht haben können."

„Ich denke, liebe Venus, das Thema können wir vorerst beenden und wir zwei sollten uns wieder um deinen Planeten Venus kümmern. Also, wie geht es weiter auf deiner Planetenoberfläche?"

Für denkende körperliche Lebewesen der höheren geistigen Ordnung gibt es einen wichtigen Grundsatz, wenn sie sich selbst, und den Planeten auf dem sie leben, keinen Schaden zufügen wollen. Sie sollten in allen Lebenslagen, ob sie nun für bestimmte Zeiten für sie selber sehr schwierig sind, oder ob es sie dazu drängt, ihr Befinden immer besser und komfortabler zu gestalten, die Fähigkeiten entwickeln, ihre Umwelt zu schonen. Also dort, wo sie existieren wollen, und wo sie alles umgibt was sie zum Leben brauchen, sollten sie die Ressourcen des Planeten achtsam nutzen und in Liebe und Demut mit allen Pflanzen und Lebewesen teilen. Die Zeit ihrer Existenz wird zeigen, ob sie diesen wichtigen Grundsatz beherzigen werden, oder nicht. Beide Wege stehen ihnen offen, und entscheiden werden sie selbst, welchen von beiden sie gehen werden.

Es kommt darauf an, wie nahe diese Geschöpfe die Vernunft an sich selbst herankommen lassen wollen. Sie ist wie ein grell blinkendes Warnschild, auf dem verlockenden Weg zur Gier. Entweder sie beachten es, oder sie trampeln es einfach nieder. So ist das, liebe Venus!"

„Das ist traurig, „ES", sehr traurig für mich!" „So zu denken und zu fühlen wie du, ist eine große Gabe, Venus, auch wenn es manchmal sehr schmerzt. So, jetzt wieder zurück zu deinem Planeten und wie sich das Leben darauf weiter entwickeln wird."

Die Wassermassen und die Landflächen auf deiner Oberfläche haben ihren Platz gefunden, und bieten somit für die Pflanzen, und natürlich auch für die Tiere, gute Entwicklungsmöglichkeiten. Das Klima ist für beide gut, und die Lufthülle, die sich um deinen Planeten ausgebildet hat, beschützt die Arten vor schädlichen Strahlen. Der Sauerstoffgehalt in der Luft, eine wichtige Voraussetzung für die Weiterentwicklung von Flora und Fauna, nimmt ständig zu. Um das stürmische Wachstum der vielen unterschiedlichen Pflanzenarten musst du dir keine Sorgen machen.

„Nun zu den Tieren, kleine Venus!" „Halt, halt „ES", nicht gar so schnell! Wieso muß ich mir um die Pflanzen nicht so viele Sorgen machen?" „Schau, Venus, stell dir einen großen Felsbrocken auf deiner Oberfläche vor." „Ja und, was soll mit ihm schon passieren? Ich werde ihn bestimmt nicht aufessen!" „Du nun wieder! Ob es kalt oder warm ist, ob es regnet oder nicht, ob es stürmt und blitzt oder nicht, wird diesen großen Stein nicht weiter stören, oder ihn sonstwie beeinflussen. Auf lange Sicht gesehen vielleicht schon, aber für die nächste Zeit spielen solche möglichen Einflüsse kaum eine besondere Rolle.

Bei einem Baum, nur so als Beispiel, ist das schon erheblich anders." „Wieso sollte es da anders sein, das begreife ich nicht, wirklich nicht, „ES"." „Ein richtiger Sturm kann den Baum umwerfen und zerstören, ein Blitz, so er ihn trifft, wird ihn verbrennen und wenn es nicht regnet, wird er verdursten und sterben müssen." „Ist das wahr? Das macht mich schon wieder ganz traurig, „ES"." „Das wäre so, du könntest daran nichts ändern, Venus. Aber weiter mit unserem Thema."

Du siehst, die Pflanzenwelt ist erheblich empfindlicher gegen starke Veränderungen ihrer Umweltbedingungen, als zum Beispiel Steine, Felsen oder große Berge. Trotzdem, wie schon gesagt, musst du dir um ihr Wachstum keine großen Sorgen machen. Sie wird sich gut entwickeln. Schlimmer trifft es die Tierwelt, wenn die gewohnte Umgebung erheblich gestört wird. Ihr ganzes Wesen, ihr Körperbau und die Art ihrer Fortpflanzung geschieht auf einer viel höheren Stufe, als bei Pflanzen. Wieder nur so als Beispiel: „Der Baum hat Wurzeln, die tief in die Erde reichen, um sich von dort die Nahrung zu holen, die er zum Leben braucht. Solche Hilfsmittel hat ein Tier nicht. Es muss oft weite Strecken umherlaufen, um etwas zum Fressen zu finden, alles kann es nicht verdauen". Oder es muß, um am Leben zu bleiben, ein kleineres Tier töten und auffressen. Dazu muss es so ein Lebewesen erstmal erwischen. Was auch nicht immer so einfach ist. Und so gibt es viele Beispiele dafür, dass die Tierwelt auf einer höheren Lebensebene angesiedelt ist. Sie können denken, natürlich nicht sehr komplex. Sie können sich schon einfache Handlungen überlegen und sie sind in der Lage, Schmerzen und eine gewisse Art von Freude zu empfinden.

Das komplexe Denken der Gedanken ist die höchste Stufe, die ein denkendes körperliches Lebewesen der höheren geistigen Ordnung in der Zeit seines körperlichen Lebens auf einem bewohnbaren Planeten erreichen kann. Und weil das so ist, sollte diese Spezies alle Lebewesen, dazu gehören auch die Pflanzen und die Tiere. Sie sollen sie nicht quälen, schikanieren, gefangen halten und aufessen, nur um selbst daraus einen Vorteil zu ziehen. Tiere sind, im Gegensatz zu den Geschöpfen dieser Spezies, vielfältig in ihrer Art, und lassen sich leicht von den Pflanzen unterscheiden. Unter anderem deswegen, weil sie sich auf die unterschiedlichste Art und Weise fortbewegen müssen.

„Wieso ist das so wichtig, „ES"?" „Die Nahrung, die sie brauchen, wächst nicht ausreichend an einer Stelle, so dass sie immer danach suchen müssen, und das bedeutet für die Tiere, dass sie sich bewegen müssen, sonst würden sie verhungern. Oder, manche Tiere auf dem Land und im Wasser ernähren sich von kleineren Tieren, die sie fangen müssen. Ohne Bewegung ist das nicht möglich. Es sind auch noch andere Merkmale wichtig, aber die Fähigkeit sich bewegen zu können, ist die wichtigste von allen anderen.

Stell dir vor, kleine Venus, du würdest nicht um die Sonne kreisen, und das sogar ziemlich schnell, sondern einfach stehen bleiben und die Sonne anlachen." „Irgendwie fühle ich, dass das nicht besonders gut für mich wäre, aber - ich müsste mich nicht mehr so anstrengen, das wäre ja wenigstens ein Vorteil." „Schon möglich, Venus, schon möglich. Wenn dabei jemand lachen würde, dann wäre das deine Sonne." „ Wieso, „ES"? „Es ist die Kraft, die du bei dem Drehen um die Sonne brauchst, und die dich davor schützt, von ihr nicht angezogen und verspeist zu werden." „Das ist eine gemeine Heuchelei von ihr. Mich freundlich und verlockend anlachen, nur weil sie Appetit auf einen großen Happen hat. Ich kann da überhaupt nicht drüber lachen, „ES"! Dann zieht sie ständig an mir herum, damit sie was zum Fressen bekommt, und ich muß mich unaufhörlich abstrampeln und um sie herumsausen, damit sie mich nicht auffrisst." „Richtig, Venus, diese beiden Kräfte, also die, die dich in Richtung Sonne bewegen will, und die andere Kraft, die dich von ihr wegschleppt sollten sich immer im Gleichgewicht halten. Ist die Kraft der Sonne stärker als du, gibt es für sie einen extra Happen. Ist deine Kraft stärker, saust du von der Sonne weg. Beides ist nicht gut, besonders für dich, kleine Venus. Lass dir noch kurz etwas zu den Unterschieden von Tieren und den Geschöpfen aus der von mir genannten Spezies erzählen."

Diese Geschöpfe sind in ihrem Körperbau unterschiedlich groß. Einige von ihnen sind sehr dick, andere eher dünn. Sie haben zwei Beine, einen Körper und, wie du schon weißt, einen Kopf, der darauf angewachsen ist. Sie können, im Gegensatz zu manchen Tierarten, nur auf dem Land leben. Im Wasser würden sie nicht existieren können. Sie werden für Lebewesen erstaunlich alt, wenn sie sich vorher nicht aus lauter Neid und Habgier abmurksen. Das Thema haben wir ja bereits sehr ausführlich besprochen.

Bei Tieren sind die Unterschiede deutlich größer und vielfältiger. Einige von den Tieren können fliegen, andere leben im Wasser oder auf dem Land. Andere wiederum im Wasser und auf dem Land. Viele von ihnen können sehr groß werden, andere sind winzig klein. Es gibt Tiere mit zwei, vier und mehr Beinen. Andere haben überhaupt keine, und können sich trotzdem auf dem Land, oder im Wasser gut bewegen. Natürlich gibt es auch viele Tiere, die sich in der Luft und auf der Erde bewegen können. So könnte ich viele Beispiele bringen die zeigen, wie groß die Vielseitigkeit und Vielartigkeit, im Gegensatz zu den von mir genannten Geschöpfen aus der Spezies von denkenden körperlichen Lebewesen der höheren geistigen Art ist, die sich auf deinem Planeten herausgebildet hat, und noch weiter entwickeln wird.

Die Evolution des gesamten Tierreiches auf deinem Planeten, das gilt allerdings auch für Himmelskörper mit ähnlichen Lebensbedingungen wie bei dir, wird sich in Stufen und Gruppen fortsetzen. Es gibt viele Tiere, die ernähren sich von Pflanzen, und das was die Pflanzen erzeugen. Andere Tiere fressen lieber andere Tierarten, die sie leicht fangen und töten können.

„Na, na „ES", nicht schon wieder so ein grausiges Thema." „Da unterscheiden sich die Tiere ganz erheblich von denkenden körperlichen Lebewesen der höheren geistigen Ordnung. Tiere töten nur, wenn sie Hunger haben. Wenn sie andere Tiere fressen, dann nicht um reich zu werden, oder großen Ruhm zu ernten."

Charaktereigenschaften wie Neid, Gier und Hass kennen Tiere überhaupt nich. Nein, sie ernähren sich von dem was sie fressen, damit sie nicht verhungern müssen. Das ist im Tierreich so, und damit kommen alle, gleich was sie oder wen sie fressen, auch gut aus. Natürlich gibt es auch einige andere Merkmale und Unterschiede in der gesamten Tierwelt. Je kleiner sie sind, umso weniger ist der Ansatz zum eigentlichen Denken ausgebildet. Erst mit zunehmender Größe, und einem entsprechenden Körperbau, die nur so als Beispiel zwei und vier Beine haben, einen größeren Körper besitzen, und auf ihm ein Kopf angewachsen ist, bringen die Voraussetzung dafür mit, dass sich ein Organ darin herausbilden kann, und Denkprozesse möglich macht. Fast alle größeren Tiere auf deinem Planeten, ob sie nun im Wasser oder auf dem Land leben, besitzen eine Wirbelsäule, die dem Körper einen stabilen Halt gibt, und die auch die Voraussetzung dafür schafft, dass es Tiere auf deiner Oberfläche geben wird, die einmal aufrecht gehen können.

Möglicherweise entwickeln sich daraus Lebewesen, die nur noch zwei Beine zur Fortbewegung brauchen. Ist dieser so genannte aufrechte Gang erreicht, bestehen gute Möglichkeiten, dass sich daraus Lebewesen entwickeln, die sich selbst erkennen werden.

„Sind solche Tiere schon auf meiner Oberfläche herangewachsen, „ES"?" „Nein, kleine Venus, aber der Zeitpunkt dafür, dass sie kommen werden, rückt ziemlich schnell näher." „Das macht mich neugierig, „ES"! Denkende körperliche Lebewesen der höheren geistigen Ordnung, das wäre doch was? Vielleicht kann ich mit ihnen rumflachsen, oder so?!" „Unterhalten wirst du dich mit ihnen nicht können. Die lautlose Sprache, die wir geistigen und kosmischen Wesen verwenden, können sie nicht verstehen. Aber du wirst ihr Wesen fühlen, und ihre Gedanken erkennen. Manchmal kann das für dich recht lustig, manchmal auch sehr schmerzhaft sein. Je nachdem, was sie geradeso anstellen. Du wirst es ja erleben!"

Zurück zu deiner Tierwelt, und ob diese aufrecht gehenden Geschöpfe möglicherweise schon auf deiner Oberfläche existieren? Na, ganz so sicher ist das auf deiner Oberfläche derzeit nicht festzustellen. Das Tierreich unterliegt ständigen Veränderungen, und es gibt unter ihnen immer Bestrebungen, ihre Art noch besser herauszubilden. Auch die Natur auf deinem Planeten, also die Oberfläche, die Temperaturen und die Gase in der Atmosphäre sind ständig erheblichen Wechselwirkungen ausgesetzt, die der Tierwelt manchmal sehr zu schaffen macht. Manchen Tierarten ganz besonders. Einige von ihnen sterben sogar aus, weil sie mit den veränderten Bedingungen nicht zurechtkommen. Dieses Streben, sich immer besser an andere Umweltbedingungen anzupassen, verändert natürlich auch das Aussehen und Verhalten mancher Tierarten. Besonders die Geschöpfe aus der von mir genannten Spezies, die einen aufrechten Gang üben, werden sich ständig anpassen müssen. „Wie meinst du das, „ES"? „Nur so als Beispiel: „Das nicht mehr selber „Auffressen" vergeht zwar nicht so schnell und braucht seine Zeit, aber ihr Verhalten zueinander verändert sich. Sie suchen immer mehr die Gemeinsamkeit, und das gemeinsame Handeln. Sie werden neugierig, und bemühen sich ständig, ihr anstrengendes Dasein durch Verbesserungen zu erleichtern." „Wenn ich dich richtig verstanden habe, lieber „ES", ist das wohl der Anfang, bei der diese Geschöpfe mit einer Wirbelsäule und einem Organ in ihrem Kopf beginnen, ihre festgewachsene Kuller auf dem Körper mehr und mehr zu verwenden, anstatt mit ihren Füßen in der Landschaft herumzutrampeln."

„Na, so ungefähr könnte man das sehen. Ein wichtiger Schritt der Entwicklung für diese Geschöpfe beginnt aber erst noch." „Du meinst doch nicht damit, dass die Haare auf ihrem Kopf zu einem bestimmten Zweck notwendig wären?" „Nein! Obwohl sie auch nicht ganz unwichtig sind. Vor allem bei den weiblichen Geschöpfen und für die, wo einfach keine Haare auf dem Kopf wachsen wollen." „Hast du mir in diesem Zusammenhang nicht mal was von der Eitelkeit bei diesen Geschöpfen erzählt, oder irre ich mich da? Und überhaupt, was ist Eitelkeit, „ES"? „Ich komme auf die Eitelkeit gleich zurück. Erstmal die Haare, kleine Venus! Diese struppige Mähne auf ihrem Kopf ist es nicht, die zu wesentlichen Veränderungen in ihrem gesamten Verhalten führen wird. Jedenfalls kann ich mir dazu überlegen was ich will, es fällt mir nichts ein, was in diesem Zusammenhang von irgendeiner wesentlichen Bedeutung wäre." „Also gut, dann lassen wir eben die Haare, wie sie auf ihren Köpfen sind. Und was ist mit der Eitelkeit, lieber „ES"? „Ein kleines Beispiel dazu. Nehmen wir einmal an, der Planet Erde erstrahlt im hellen Glanz der Sonne, und seine Oberfläche wäre ein prächtiger Anblick. Was würdest du als Planet Venus darüber möglicherweise denken?" „Das ist schnell gesagt! Natürlich möchte ich genauso aussehen wie der Planet Erde, oder noch schöner! Das ist doch klar, „ES"!"

„Richtig Venus! Und das ist ein Ausdruck von Eitelkeit, nicht nur, aber es kommt sehr häufig vor." „Du meinst damit auch bei dem Planet Erde?" „Nein! Bei dir, Venus, solltest du so denken! Wenn für dich etwas ganz besonders schön aussieht, so wie du auch gern sein möchtest, dann hast du einen Hang zur Eitelkeit. An sich keine besonders schlechte Charaktereigenschaft.

„Aha – verstehe! Ich glaube nicht, dass ich davon ganz frei sein werde, „ES"?" „Das musst du auch nicht, Venus. Es sei denn, deine Eitelkeit treibt dich soweit, dass solltest du das Aussehen des Planeten Erde nicht erreichen, du sie dann einfach abmurksen lässt." „Ach was! Dann ist das doch alles etwas komplizierter, als ich am Anfang vermutete. Aber gut, ich habe es verstanden. Und wie geht es bei mir weiter, „ES"?" „Ja wie geht es auf deiner Planetenoberfläche weiter? Am besten wird sein, du machst eine längere Ruhepause." „Mach ich, „ES", und viele Grüße an meinem Nachbarn, den Planeten Erde." „Richte ich aus! So und jetzt schlaf erstmal eine Weile."

„Halt, halt, „ES", bitte bleib noch einen Moment. Ich wollte die ganze Zeit schon mit dir darüber reden." „So, was gibt es denn so geheimnisvolles, Venus?" „Ich weiß nicht, geheimnisvoll ist nicht der passende Ausdruck. Es ist eher unheimlich!" „Jetzt machst du mich neugierig!" „Seit einiger Zeit beschleicht mich so ein beklemmendes Gefühl, dass mir Angst macht, weil ich nicht weiß, was die

Ursache dafür sein könnte. Hast du eine Ahnung, oder fühlst du auch so was wie Gefahr?" „Ich weiß, was auf deinen schönen Planeten zukommen wird, wollte dir aber nichts davon erzählen, um dich nicht unnötig zu beunruhigen." „Entschuldige bitte, „ES", könntest du mir bitte erklären, was passieren wird?" „Na, so ganz ungefährlich ist es nicht, es betrifft allerdings mehr die Pflanzen- und die Tierwelt auf deiner Oberfläche. Ja, was ging da vor sich, damit das eintritt, was dich so beunruhigt?"

Vor längerer Zeit wurde ein kleiner Zwerg von einem Planeten von einer Sonne mit einer ziemlich hohen Geschwindigkeit aus seiner Umlaufbahn geschleudert, und rast durch das materielle Universum. Die Wahrscheinlichkeit, dass er dich treffen wird, ist ziemlich hoch.

„Ach was, ich finde das nicht besonders lustig für mich, „ES". Ist es vielleicht möglich, das dieser kleine Unhold von einem Zwergplaneten in eine andere Richtung fliegen könnte, oder in eine große Sonne stürzt?" „Leider, kleine Venus. Der Bursche ist einfach zu fix. Die einzige Möglichkeit die besteht ist, dass einer deiner Nachbarplaneten ihn mit seiner großen Masse ein ganz klein wenig vom Kurs ablenken könnte, so dass er dich nur streifen wird. Keine Sorge, du wirst einen ganz kleinen Schmerz verspüren und schon ist er an dir vorbei. Mit etwas Glück, wird er in deine schöne gelbe Sonne einschlagen, und somit keinen Schaden mehr anrichten können." „Welcher von meinen Nachbarplaneten wird mir denn zur Seite stehen können?" „Es ist möglicherweise der Planet mit Namen Jupiter, der größte und schwerste von all deinen Nachbarn." „Wenn er schon so groß und stark ist, könnte er doch in meine Nähe kommen, und mich beschützen." „Könnte vielleicht schon! Gut wäre das für dich, den Planeten Erde und den Planeten Mars und Merkur bestimmt nicht." „Wieso?" „Jupiter ist, gemessen an deiner Größe, ein Riese, und dazu unheimlich schwer. Seine Kräfte sind von einem völlig anderen Kaliber, als die deinigen. Es wäre vermutlich nur eine Frage der Zeit, dann würde er euch alle vier Kleinen an sich heranziehen, und verspeisen." „Das würde er tun? Na danke!"

„Was geschieht, wenn diese kleine Kugel von einem Miniplaneten, mich beim Vorbeifliegen streift, "ES"? „Das gibt ein mächtiges Feuerwerk, das nicht zu übersehen sein wird. Ganz ohne einen Schmerzensschrei von dir, wird es wohl nicht abgehen. Ein erheblicher Teil der bereits entwickelten Pflanzenwelt, und auch Teile des Tierreiches, werden diese Kollision mit dem kleinen Ungeheuer nicht überleben, und sterben." „Warum, „ES"?"

„Durch die heftige Berührung mit deiner Oberfläche, wird viel von deiner Bodenkruste und Gestein in die Atmosphäre geschleudert, mit der Folge, dass die schönen warmen Sonnenstrahlen nicht mehr so gut auf deine Oberfläche einwirken können, und dadurch die Temperatur auf ihr deutlich kühler wird. Ein Teil deiner Pflanzenwelt, und erst recht bestimmte Tiergruppen, wird die starke Abkühlung nicht vertragen und vermutlich nicht überleben.

Die großen Wassermassen auf deinem Planeten werden sich, aufgrund der starken Erschütterung auftürmen und viele Landflächen überschwemmen. Auch das wird erhebliche Schäden zur Folge haben. Keine Sorge, kleine Venus, es wird nicht lange andauern, jedenfalls nach unserem Zeitempfinden, bis die Sonnenstrahlen deine Oberfläche wieder erreichen, die Urozeane sich beruhigen und sich das Leben wieder entfalten kann. Du wirst an solchen Katastrophen auch erkennen, dass das Leben wieder einen Neuanfang schaffen kann. Ein Planet, der Lebewesen hervorbringt, sollte das möglichst in einer großen Vielfalt schaffen. Nur so ist gewährleistet, dass sich bei schlimmen Ereignissen, bei dem viele sterben müssen, immer noch Lebewesen existieren, die einen Neuanfang ermöglichen. Beruhigt dich das, kleine Venus?" „Nicht ganz, „ES", aber zum Schlafen wird es reichen. Ich rufe dich, wenn ich nicht mehr weiter weiß." „Damit wäre ich einverstanden, liebe kleine Venus! Also, bis zur nächsten Plauderstunde."

Wenig kostet der Hunger, viel ein verwöhnter Gaumen.

Lucius Seneca

Die Gier nach Macht, das immer „Mehr" wollen und die Kraft
der Liebe sind die Triebkräfte allen Denkens der Gedanken
und das daraus resultierende Verhalten und Handeln
von denkenden körperlichen Lebewesen der höheren
geistigen Ordnung.

Dietmar Dressel

Warum haben sie immer nur Hunger

Bei leerem Magen sind alle Übel doppelt schwer.

Christoph Martin Wieland

Du kannst aufhören nach mir zu rufen hier bin ich ja, du unruhiger Geist von einer kleinen Planetenkuller. Was gibt es denn so Dringendes?" „Endlich, gut dass du da bist. Stell dir vor, „ES", diese Geschöpfe auf meiner Oberfläche denken. Ja, du hast richtig gehört, sie können denken." „Was erschreckt dich daran so, das ist der Weg von denkenden körperlichen Lebewesen der höheren geistigen Ordnung, wenn sie sich weiter entwickeln wollen. Ohne wachsende Denkprozesse, ist das nicht möglich, da können sie sich körperlich anstrengen wie sie wollen, es würde ihnen nichts gelingen. Denken ist unerlässlich!"

„Ja schon, glaube ich auch alles. Das sie denken ist ja gut. Aber! Du musst mal hineinspüren und hinhören „Was" sie für ein Zeug denken. Selbst im Schlaf, wenn ich träume, komme ich nicht auf solch einen Unsinn." „Eine gute Freundin von mir, das Geistwesen Cosyma, hat mich bereits informiert. Sie meinte, die Geschöpfe auf deiner Oberfläche beherrschen schon recht gut, wie man den oder die anderen der gleichen Art ordentlich verhauen kann und das oft nur wegen Kleinigkeiten, oder einfach nur, weil es ihnen scheinbar danach ist." „Nein, das wollte ich nicht mit dir besprechen, ich meine das "Machen", über das du mit mir nicht so gern diskutieren willst." „Ach nein! Und was meinst du, ist auf deiner Kuller so wichtig, dass du nach mir rufst?" „Lieber „ES", so richtig getraue ich mich an so ein heikles Thema nicht heran." „Was ist daran so schwierig?" „Eben, das ist ja das Problem." „Jetzt fang schon damit an, ich verspreche dir, dass ich dir zuhöre!" „Also gut! Bei der meisten Denkerei, die sie so anstellen geht es darum, mit wem und wie sie kleine Kinder machen." „Ach so! Ich habe eine Idee. Weißt du was, wir nennen diese Geschöpfe ab sofort „Venusianer"! „Das klingt gut, „ES", und ist eigentlich auch richtig. Es sind ja meine Kinder." „Also gut, Venus! So, nun zu dem „Machen" von kleinen Venusianern. Du lässt von diesem Thema ja doch nicht so schnell wieder los, bevor ich dir nicht ausführlich erklärt habe, was damit gemeint ist." „Genau, „ES", das will ich jetzt wissen und tröste dich, einige praktische Handlungen, die sie dabei so probieren, weiß ich bereits." „Wenn du schon so viel weißt, dann erzähl doch mal, vielleicht kann ich was lernen." „Ich darf doch da mal lächeln, ohne dass du gleich sauer bist." „Jetzt erzähl schon, was du bis jetzt so in Erfahrung bringen konntest!"

Also gut, dann erzähl ich halt mal, was ich so weiß. Die Gedankenflut kommt vorwiegend aus dem großen Festland, mit den angenehmen Temperaturen, und den vielen Pflanzen, Bäumen und Tieren. Es scheint so zu sein, dass sich verschiedene Gruppen von meinen Venusianern auf dem ganzen Land verteilen. Ich glaube, ihre Anzahl in den Gruppen ist unterschiedlich groß, und zum Teil sind sie sehr weit voneinander entfernt.

Den ganzen Tag über sammeln sie was zum Essen, oder töten kleine Tiere, damit sie abends, bevor das Licht der Sonne verschwindet, etwas zum Beißen haben. Danach verkriechen sich alle in Höhlen und verbringen darin vermutlich die Zeit der Dunkelheit. Jetzt geschehen dort drinnen eigenartige wilde Raufereien, die ich mir so nicht erklären kann.

„Könntest du mir dabei helfen, „ES"? " „Möglicherweise schon! Ohne das du mir diese eigenartigen Raufereien begreiflich machst, kann ich dir nichts konkretisieren." „Es muss zwischen den einzelnen Geschöpfen erhebliche Unterschiede in ihrem gesamten Körperbau geben. Einige von ihnen bemühen sich, teilweise auch mit Gewalt, andere auf dem Boden festzuhalten, um etwas mit ihnen zu machen, was die anderen wohl so nicht wollen. Jedenfalls nicht so, wie sie es vielleicht gerne hätten." „Woher willst du das so genau wissen, kleine Venus?" „Die, die nicht wollen schreien, und es klingt wie Schmerzensschreie. Die anderen, die sie vor sich auf dem Boden verprügeln und vermutlich dabei festhalten, geben so eigenartige, brüllende Grunzlaute von sich. Ich höre so ähnliches Getöse von manchen Tieren aus den Wäldern. Ehrlich gesagt, ich komme an dieser Stelle nicht weiter." „Glaube ich dir aufs Wort!" „Ach was und wieso?" „Wenn man das weiß, womit du nicht weiter kommst, wie du sagst, kann man sich den Rest sparen!" „Wenn das so ist, dann könntest du doch, lieber „ES", bei mir eine wichtige Wissenslücke füllen?"

„Ich sehe schon, ich komme nicht drum herum, dir einige Handlungen bei dem „Machen" näher zu bringen." „Danke, „ES", ich werde dich mit diesem Thema auch nicht mehr behelligen, fest versprochen!" „Also gut, Venus. Bei deinen Venusianern, wo einige von ihnen wie manche Tiere im Wald brüllen, und die anderen vor Schmerzen schreien geht es darum, kleine Venusianer zu zeugen." „Ach was! Das habe ich mir ganz anders vorgestellt. Und wie geht das weiter?" „Vielleicht geht es bei einigen auch so zu, wie du dir das möglicherweise vorstellst."

Also, die eine Art Venusianer die brüllen wie die Tiere, nennt man Männer, und die anderen, die vor Schmerzen schreien, nennt man Frauen. Schöne Ungerechtigkeit das ganze Machen. So, und wer werkelt jetzt bitte was mit wem? Vermutlich wird das Machen von den Männern erledigt, und wir Frauen müssen alles über, und vermutlich auch in uns ergehen lassen, oder nicht?" „Da gibst du mir das richtige Stichwort. Um kleine Venusianer zu basteln, sind zwei ganz winzige, kleine Teilchen notwendig. Das eine davon hat die Frau, und das andere der Mann." „Aha und wie bringt der Mann und die Frau die beiden kleinen Teilchen zusammen?" „Am besten wird sein, du hörst einfach zu! Der Mann hat dafür ein kleines Organ mit einem Beutel, in dem seine kleinen Teilchen aufbewahrt werden." „Meinst du damit so etwas wie seinen Kopf?" „Nein, liebe

Venus. So ähnlich kannst du das nicht sehen. Dieses kleine längliche Organ mit seinem Beutel, ist viel, viel kleiner. Ungefähr so wie seine Nase am Kopf, wenn du noch weißt, was ich damit meine." „Ja, weiß ich! Meine Venusianer wollen ja riechen, wie schön es auf meinem Planeten duftet." „Ja so ungefähr stimmt das. Die Frau hat am unteren Teil ihres Körper, also dort wo die Beine angewachsen sind, eine Öffnung, vergleichsweise wie ein Mund an ihrem Kopf." „Ich weiß schon, das ist die Stelle, wo sie ihre Nahrung reinstopfen." „Das stimmt, kleine Venus! Nun versucht der Mann sein kleines Organ in die Öffnung zu stecken, um die Teilchen aus seinem Beutel loszuwerden. Die wandern dann zu dem Teil der Frau, wo nach einer gewissen Zeit ein kleiner Venusianer oder eine kleine Venusianerin in ihrem Körper heranwächst."

„Ja gut, und wo kommt dann so ein Venusianer, oder eine Venusianerin wieder aus dem Körper der Frau heraus?" „An der Stelle, wo sie als ganz kleines Teil rein kamen. Du schweigst! Ist dir daran etwas unklar, Venus?" „Also, ich will das mal so ausdrücken. Wenn die beiden wichtigen Teile, also das des Mannes und das der Frau so aussehen, wie die Teile in ihrem Gesicht, dann kann ich nur hoffen, dass sie bei dem Machen mal nichts verwechseln." „Das wäre für deine Venusianer nicht ratsam, Venus." „Wieso, was meinst du damit, „ES"?" „Na, ganz einfach! Wenn das, was sie eigentlich unten reinstecken sollen, in ihrem Mund am Kopf landet, müssten sie verhungern." „Stimmt! Und aus den Essereien die sie unten reinstecken entstehen ja keine Venusianer." „Gut, also weiter mit der Macherei!

Einige von den Männern verprügeln die Frauen dabei, wenn sie unbedingt nicht das mitmachen wollen, was sie mit ihnen so vorhaben. Andere locken diese Venusianerinnen für so ein Spiel, das sie mit ihnen treiben wollen, mit besonderen schmackhaften Leckerbissen oder Waldfrüchten für den hungrigen Magen zu sich. Andere schenken ihnen ein schönes Fell zum zudecken, damit sie nicht so splitternackt nachts schlafen müssen. Wer von diesen Männern besonders groß und kräftig ist, sucht sich eine von den Frauen aus, die ihm besonders gefällt, oder die sehr willig ist und nimmt sie unter seinen Schutz. Was für die Frau möglicherweise auch Vorteile für das tägliche Leben in der Großfamilie bringen mag. Und so gibt es viele Möglichkeiten, wie eine Frau und ein Mann das Machen miteinander bewältigen können. Das Prügeln und Herumbrüllen gilt bestimmt nicht für alle Männer. Ich hoffe, kleine Venus, das wird dich ein wenig trösten. Du musst deshalb nicht traurig sein, Venus. So eine Entwicklung, wie sie in letzter Zeit auf deiner Oberfläche begonnen hat, ich meine das Heranwachsen von solchen denkenden Geschöpfen, geschieht auf allen bewohnbaren Planeten im materiellen Universum, auf dem sich die Grundlagen dafür gebildet haben, oder bilden werden, damit Leben überhaupt entstehen und sich weiter formen kann. Nur so können sich solche denkenden Geschöpfe entscheiden, wie sie sich entfalten wollen! Selbstverständlich formt sie auch, in einer gewissen Weise, ihre Umgebung in der sie leben, die oftmals sehr unterschiedlich sein kann. Also, lass dir erzählen, was auf deiner Oberfläche weiter geschehen wird."

Einige dieser Venusianer leben an großen Wasserflächen, andere auf mächtigen bergigen Gebieten, oder in Sandwüsten mit sehr wenig Wasser. In gewisser Weise prägt das auch das Denken und das sich daraus resultierende unterschiedliche Handeln. Geistig reifen werden sie nur, wenn sie mit ihrer Umwelt, natürlich auch mit sich selbst, vernünftig umgehen. Lassen sie sich von der Vernunft leiten, oder unterliegen sie der Verlockung?

„Was ist das, „ES", eine Verlockung?" „Eine sehr interessante Frage, kleine Venus. Stell dir den von mir bereits beschriebenen, üppig gedeckten Tisch vor, auf dem alles was sich so ein Venusianer überhaupt vorstellen kann, zum Greifen nahe liegt.

Wohlstand, Reichtum im Überfluss, Macht und viele andere Dinge mehr. Alles, was sich so ein Venusianer jemals erträumen könnte, und möglicherweise gern besitzen möchte. Das liegt jetzt vor ihm, und ruft ihn mit aufdringlicher und verlockender Stimme ständig zu: „Nimm mich, es gehört alles dir, greif schon zu! Das sind oft die süßen Worte, um den Venusianer zu verleiten etwas zu besitzen, was er vielleicht, mit etwas Vernunft, überhaupt nicht haben will." „Aha, so ist das also! Deshalb bekommen sie in ihren ablaufprozessualen Denkprozessen die Vernunft mental eingebettet, das praktische Gegenstück zur Verlockung. Verstehe ich das richtig, „ES"?" „Sehr gut, Venus! Die Vernunft und die Verlockung sind ständig im Wettkampf miteinander, und jedes von den beiden Charaktereigenschaften will der Sieger sein. So ist das. An einem praktischen Beispiel kann ich dir das verdeutlichen."

In einem Wald auf deiner Oberfläche treffen sich zehn Männer, und jeder von ihnen hat eine Frau dabei. Alle sind rundum zufrieden mit dieser Situation und plaudern über alles was so am Tag geschah. In einem von ihnen, vielleicht ist es der Stärkste von allen zehn Männern, kriecht die Verlockung von seinem Kopf aus, ganz bedachtsam an der Vernunft vorbei, in Richtung zu einem gewissen Glied, das er braucht um kleine Venusianer zu machen.

„Du weißt ja sicherlich was ich damit meine!?" „Ja, ich weiß, das mit der Nase und so weiter!"

Schon geht es ratte, ratte in seinem Kopf, wie er die anderen Frauen in seinen Besitz bringen könnte. Somit bilden sich, nicht nur aber auch, die ersten Anfänge von Neid und Habsucht. Du erinnerst dich an das Thema. Wir haben ja beide schon darüber diskutiert.

Würden solche denkenden Geschöpfe ausschließlich als geistige Wesen existieren, könnten sich solche Verhaltens- und Denkweisen überhaupt nicht bilden. Deshalb, kleine Venus, existiert das materielle Universum, damit sich bestimmte Charaktereigenschaften herausbilden können, oder eben nicht. Ohne ihnen könnten sich diese verschiedenen Charaktereigenschaften wie: Liebe und Mitgefühl, aber auch Neid, Habgier, Missgunst und Hass nicht entfalten. Wenn das alles nicht so wäre, wie sollten sonst diese denkenden Geschöpfe erfahren können, was und in welchem Umfang auf sie einwirken wird.

„Es ist für mich nicht immer leicht, lieber „ES", dir geistig hinterher zu rennen. Aber ich habe soweit alles verstanden. Und wie geht es jetzt weiter?" „Das eigentliche Problem mit deinen Venusianern ist ihre schnelle zahlenmäßige Zunahme. Sie werden immer mehr!" „Welche eventuellen Schwierigkeiten sollten sich daraus für meinen Planeten entwickeln, „ES"?" „Ich versuche dir das zu erklären, Venus."

Auf deiner Oberfläche leben alle Lebewesen in einer sehr vielfältigen Art. Doch alle existieren in einer bestimmten Ordnung. Das heißt, sie können sich nur insoweit vermehren, wie und in welcher Menge sie für ihre Lebensgrundlage ausreichend Nahrung finden werden. Wenn durch anhaltende Katastrophen, und verheerende Veränderungen ihres Lebensraumes, wie erhebliche Temperaturunterschiede, Unwetter, Flächenbrände und gewaltige Vulkanausbrüche die Nahrung für sie knapp wird, regeln sie die Anzahl ihrer Geburten zurück. Die Reduzierung ihrer Art geschieht natürlich auch dadurch, dass viele Jungtiere, mangels Nahrung, bedauerlicherweise verhungern müssen.

Es kommen also wesentlich weniger Tiere auf die Welt. Ist das Nahrungsangebot besser, steigt die Geburtenrate wieder. So passt sich die gesamte Tierwelt immer den jeweiligen Umweltbedingungen an. Gleiches gilt natürlich auch für die gesamte Pflanzenwelt. In dem Bereich geht es natürlich nicht um Geburten allein, sondern um das Wachstum schlechthin. Anders verhält sich das bei deinen Venusianern. Das gilt übrigens für alle Geschöpfe aus der Spezies von denkenden körperlichen Lebewesen der höheren geistigen Ordnung auf anderen bewohnbaren Planeten in gleicher Weise. Sie vermehren sich, ohne daran zu denken und denken können sie ja, dass sie anderen, nämlich der Tierwelt, ihren Platz und ihre Nahrung wegnehmen. Deine schöne Kuller mit ihrer fruchtbaren Oberfläche wächst ja nicht nach, nur weil die Venusianer da sind, die sich ungezügelt vermehren.

Sie müssen sich, ob sie wollen oder nicht, in diese Ordnung der Natur einbinden. Ihre Nahrungsgrundlage ist ja in vielen Dingen ähnlich, oder bei manchen Sachen gleich, wie für die Tiere. Das muss gerecht verteilt werden, ohne das eine Seite erheblich benachteiligt wird.

„Was bedeutet denn das nun wieder, „ES"?" „Das ist nicht so schwer zu verstehen, kleine Venus, wie es vermutlich den Anschein hat." „Das sagst du bestimmt nur so, um mich nicht zu erschrecken!" „Aber nein, Venus, das ist so! Deine Venusianer dürfen sich nur soweit vermehren, damit für alle, und ich meine auch für alle, ausreichend Nahrung vorhanden ist. Mit ihrem exzessiven Geburtenwachstum, nehmen sie anderen ihren angestammten Platz und das Futter weg. Witzigerweise auch sich selbst. Es gibt ja nur eine Oberfläche auf deinem Planeten und die sollte für alle reichen, ohne das eine der beiden Bereiche, also die Tierwelt oder die Venusianer erhebliche Nachteile hinnehmen müssen. Ich werde die Entwicklung deiner Venusianer sehr genau beobachten. Ich kenne ja im materillen Universum einige Beispiele, wo solche denkenden Geschöpfe in einem ungezügelten Tempo die Anzahl ihrer Art vermehrten. Jedenfalls mit ihrem Zeitgefühl gedacht. In all solchen Fällen wird so ein Verhalten in einer Katastrophe enden, bei der diese Spezies immer den Kürzeren ziehen wird. Käme es anders, wäre das ein Wunder. Laß mich das mal so sagen."

Ich kann mich über so ein Verhalten nur wundern. Für was haben sie eigentlich ein Organ zum Denken? Bei Tieren, jedenfalls so komplex, fehlt das völlig. Trotzdem handeln sie immer richtig.

Bei der Entwicklung von denkenden körperlichen Lebewesen der höheren geistigen Ordnung, wird mehr auf die Vernunft gesetzt. Die Eigenverantwortlichkeit soll es sein, die über ihr Schicksal entscheiden wird. Unter dieser egoistischen Verhaltensweise mancher denkenden Geschöpfe leiden die Tiere am meisten. Auch die Pflanzenwelt wird in ihrer Entwicklung, bezüglich der Artenvielfalt, sehr stark beeinträchtigt. Soweit ich das rückblickend beurteile, erholen sich Flora und Fauna wieder von dieser erheblichen Beeinträchtigung besonders dann, wenn diese denkenden Geschöpfe auf solchen Planeten nicht mehr existieren. Wollen wir hoffen, dass sich deine Venusianer von der Vernunft und Liebe leiten lassen, und gemeinsam mit ihrer Umwelt ein friedliches und verträgliches Leben führen werden.

„Kann ich auf meiner Oberfläche auch etwas organisieren, damit Ruhe und Frieden unter allen Lebewesen auf meinem Planeten herrschen, „ES"? „Nein, Venus, leider nicht! Obwohl es für dich nicht besonders schwer wäre darauf zu achten, damit alles friedlich verläuft. Maßnahmen, die du gern durchsetzen würdest und sicherlich auch könntest, solltest du also lieber bleiben lassen, auch wenn es dich noch so sehr zwickt.

„Solange sich das im Rahmen hält, werde ich das ertragen, „ES". Wenn es mir zu viel werden sollte, sage ich dir das. Außerdem habe ich ja viel Zeit und über dieses Thema, und was ich davon halte, haben wir beide uns ja schon ausgiebig unterhalten." „Hast du noch wichtige Fragen, Venus, oder kann ich mich auf den Weg machen?" „Kannst du mir noch erklären, wie sich meine Kinder demnächst entwickeln werden?" „Die Zeit dafür habe ich noch.

Mach es dir bequem, es wird eine Weile in Anspruch nehmen, bis ich dir das alles erklärt habe."

Wie du bereits festgestellt hast, leben deine Venusianer, verteilt auf den zwei großen Landflächen, in unterschiedlichen großen Gruppen meistens zusammen in Höhlen. Zugegeben keine besonders komfortable Behausung, aber sie schützt so leidlich vor unangenehmen Wetter, und natürlich auch vor großen Raubtieren, die in den Männern, Frauen und Kindern eine geeignete Mahlzeit sehen.

Dank ihrer Fähigkeit zu denken, lernen sie ständig mehr darüber, wie man aus Holz, Steinen und Lehm einfache Werkzeuge und kleine Behältnisse fertigen kann. Schnell erkennen sie auch, dass man mit besonderen Gegenständen aus Holz, so man es auf eine bestimmte Weise bearbeitet, Tiere leichter zur Strecke bringen kann. Sollte es die Situation erfordern, können sie natürlich mit diesen einfachen Waffen, auch den einen oder anderen Mann, oder auch Frauen und Kinder töten. Auch in Zeiten schwerer Not werden, damit die große Familie nicht verhungern muss, die Kranken in der Gruppe getötet und aufgegessen. Das hört sich grausam an, hat allerdings auch etwas mit dem Stand des Denkens zu tun, das noch sehr einfach ist.

Alles was sie besitzen, Waffen, Arbeitsgeräte, einfaches Geschirr und Kleidung, gehört allen. Es gibt keinen, der sich alles aneignen kann, dafür ist er einfach zu schwach. Der Einzelne ist auf die Hilfe und Zusammenarbeit aller angewiesen. Dafür sind die Gefahren, die deine Venusianer von starken und gefräßigen Tieren drohen, zu groß. Ein Überleben für den Einzelnen ist, in der jetzigen Situation auf deiner Oberfläche ausgeschlossen. Das Maß aller Dinge ist die Gemeinschaft. Alles was sie anfertigen, und die Nahrung die sie sammeln oder erjagen, gehört grundsätzlich allen, und keinem allein. In ihrem Sprachschatz gibt es nur das „Unser", und nicht das „Mein" und „Dein". Das gelingt, wie du feststellen kannst, auf deinem Planeten schon ganz ordentlich." „Das stimmt, „ES", aber bei dem Umgang mit ihren Frauen denken die Männer nicht so, da besinnen sie sich alle nur auf ihre eigenen Vorteile." „Natürlich gibt es Gerangel darum, wer von den Männern mit welcher Frau kleine Kinder machen darf, oder gerne will. Das ist so und warum das so ist, darüber haben wir beide ja schon ausführlich diskutiert. Das ändert nichts daran, dass sie, außer bei dem Thema Frauen, eigentlich alles gemeinsam erarbeiten, weil die Gemeinschaft so stärker ist." „Gut, „ES", habe ich verstanden." „Na prima! Dann geht's weiter!"

Bei so einfachen und gefährlichen Lebensbedingungen ist es für die Gemeinschaft unmöglich mehr zu schaffen, als die Großfamilie zum Leben braucht. Keiner kann sich mehr aneignen, als alle anderen benötigen. Die Charaktereigenschaften Neid und Missgunst bei deinen Venusianern, in ihrer jetzigen Situation zu finden, ist praktisch kaum möglich. Nur so als Beispiel! Stell dir vor, es will sich ein Einzelner eine Fallgrube für Tiere bauen, um sie für sich allein zu fangen. Praktisch gesehen, so gut wie unmöglich für ihn, dafür ist er viel zu schwach. Er braucht dafür mehr Männer. Damit ist allen klar, dass das Tier, was gefangen in dem Erdloch zappeln soll, natürlich auch allen gehört. So gesehen, eine gerechte Lebensweise, zwar eine sehr einfache, aber immerhin gerecht. Gleiches gilt für den Bau einer Höhle, oder das Ausheben von Gruben, damit sie ihre Notdurft verrichten können.

Nach und nach werden sich bei den Frauen und Männern, dank des besser werdenden Denkens, unterschiedliche Fertigkeiten und Fähigkeiten entwickeln. Die notwendigen Arbeiten für die Gruppe teilen sich immer mehr auf, und es müssen nicht mehr viele Männer oder Frauen ausschließlich eine Arbeit ausführen.

„Verstehe ich nicht, „ES"! Was wollen sie denn bei den sehr einfachen Lebensverhältnissen groß an Arbeit aufteilen? So viele unterschiedliche Beschäftigungen gibt es bestimmt nicht?" „Stimmt schon, Venus! Trotzdem kann man die wenigen Tätigkeiten und Handlungen, mit unterschiedlich begabten Männern oder Frauen entsprechend aufteilen und zuordnen. Stell dir einen besonders kräftigen Mann vor, der auch flink auf den Beinen ist und geschickt mit einer Waffe umgehen kann wird natürlich ausgewählt, um auf die Jagd zu gehen. Somit läuft nicht die ganze Sippschaft los, sondern nur noch einer oder vielleicht auch zwei, die dafür verantwortlich sind, dass immer genügend Fleisch herangeschafft wird. Da diese zwei Männer nur noch auf die Jagd gehen, werden sie dabei immer geschickter und erfahrener. Das verschafft der Sippe ja nicht nur Fleisch, sondern auch eine gewisse Sicherheit für die Nahrungsbeschaffung.

Oder! Eine Frau, die sich im Laufe der Zeit besondere Kenntnisse für essbare Pflanzen aneignete, sammelt Wurzeln und Früchte für die Sippe. Und so gibt es eine Menge Beispiele dafür, wie sich eine gewisse Aufteilung der Arbeiten durchsetzen wird, und letztlich auch durchsetzt. So, jetzt aber weiter mit dem, was auf deiner Planetenoberfläche noch alles so passieren wird."

Langsam entwickelt sich ein Verhalten, bei dem sich die Venusianer Stück für Stück von der Lebensweise der Tiere entfernen, und eine völlig andere Art des Zusammenlebens entwickeln, und sich natürlich auch anders zur Natur und ihrer Umwelt verhalten werden. Die Ursache dafür ist nicht nur die wachsende Denkfähigkeit, sondern in einem hohen Maße die steigende Anzahl von Venusianern in der Sippe. Ein Problem, das eine zunehmende Veränderung der Verhaltensweisen untereinander zur Folge hat.

Schnell lernen sie wilde Tiere nicht nur zu jagen und zu töten, sondern sie in großen Rudeln einzusperren, zu füttern und zu hegen. Damit erschließen sie sich eine effiziente Möglichkeit der Vorratshaltung bezüglich der Fleischversorgung. Selbstverständlich nutzen sie nicht nur das Fleisch der getöteten Tiere, sondern gewinnen aus dem Fell Sachen für den Schutz ihres Körpers gegen Kälte und Unwetter. Aus bestimmten Knochen fertigen sie sich schon Werkzeuge, die ihnen die tägliche Arbeit für alle möglichen Handlungen erleichtert. Das Jagen von Tieren ist nicht mehr abhängig vom Glück und Geschick der Jäger, sondern vom Nahrungsbedarf der Gruppe und von der Menge der gehaltenen Tiere in Gehegen.

Nach und nach gelingt es deinen Venusianern einiger Siedlungen auf den zwei riesigen Landflächen, deutlich mehr zu produzieren und zu lagern, als sie selber verbrauchen und nutzen können. Damit beginnt die Suche nach anderen Sippschaften von Venusianern, mit denen man versuchen wird, bestimmte Produkte die man hat, und welche die man gern haben möchte, durch Tausch in Besitz zu bekommen.

Später werden diejenigen, die bereits vom Neid und der Gier eingefangen wurden merken, dass es deutlich vorteilhafter ist, wenn sie Waffen, Nahrungsmittel und sogar Männer, Frauen und Kinder mit Gewalt rauben, anstatt zu tauschen. So beginnt der Unterschied von reichen und armen Venusianern. Ich bin sicher, liebe Venus, dass du dass spielend verstanden hast. Ist ja auch nicht so schwer zu begreifen. Wenn wenige Venusianer möglichst viel haben wollen, müssen sehr viele Venusianer, verständlicherweise, mehr hergeben, sonst würde das so nicht gelingen. Solange es bei deinen Venusianern erhebliche Unterschiede im Besitz gibt, wird sich das nicht ändern.

„Was soll denn daran so schlimm sein, „ES", wenn es auf meinem Planeten, und meinetwegen auch auf anderen Planeten, auf denen es denkende Geschöpfe gibt, wo jeder nicht zwingend das Gleiche hat, wie der andere. Immer nur alles gleichmäßig verteilt, kann ziemlich langweilig werden. Unterschiede regen auch an, oder nicht?" „Die Unterschiede im Besitz sind nicht so das Schlimme, kleine Venus. Lass mich das mal so sagen." Wenn ein Mann zum Beispiel eine große, gut aussehende Frau hat, und ein anderer eine kleine, die eher etwas pummelig ist, gibt es darüber selten Streit. Anders wäre es, würde einer sechs Frauen haben, und ein anderer eben nur eine, weil er sich mehr nicht leisten kann. Es ist die Kluft zwischen sehr „Wenig" und sehr „Viel", die das Übel an der Sache verursacht, Venus! Nicht zu vergessen die Folgen, die aus solchen Differenzen entstehen können.

„Was meinst du denn damit wieder, „ES"? Und was ist bitte eine Differenz?" „Erklär ich dir später! Jetzt versuch dich mal geistig in die beiden Seiten, also die Armen, die sehr wenig haben, und die Reichen, die viel besitzen, zu versetzen." „Kann ich nicht, „ES"! Also gut, es geht auch ohne das du dich in deine Venusianer hinein versetzen musst."

Die Reichen, weil sie die Gier und die Raffsucht bereits ständig im Nacken sitzen haben, wollen immer mehr, auch wenn sie das ständige „Mehr" überhaupt nicht brauchen. Und die Armen? Weil sie von der Missgunst und dem Neid unaufhörlich geplagt werden, möchten sie das, was sie allerdings nicht besitzen, trotzdem gerne haben wollen. Was ja aus ihrer Sicht die Reichen sowieso zu viel angehäuft haben, und nur unsinnig bei ihnen herumliegt.

„Ja, und? Dann lassen wir ihnen halt ihre Freude!" „Freude ist gut, kleine Venus! Wo die ist, gibt es nach meiner Erfahrung auch viel Ärger, gelinde ausgedrückt. Mit Vergnügen, kleine Venus, haben solche Differenzen nichts zu tun! „Du wolltest mir die Differenz erklären, Papa!" „Keine Sorge, Venus, das mache ich noch, aber später! Zum Thema zurück!"

Die Folgen solcher Zustände, gleich welche Seite damit anfängt und sie verursacht, kleine Venus, sind Kriege. Das Übelste von allem Schrecklichem, das man sich überhaupt vorstellen kann. Ich hoffe sehr, dass dir solche schlimmen Ereignisse auf deinem wunderbaren Planeten erspart bleiben. Die Auswirkungen von Kriegen sind immer: Leid, Schmerzen, furchtbare Zerstörung und für die meisten Betroffenen ein grausamer Tod.

Es gibt nichts, was man daran auch nur ansatzweise als schön und liebenswert empfinden könnte, Venus! Es mag in der fernen Zukunft möglicherweise Venusianer auf deiner Oberfläche geben, die einen Krieg als ein notwendiges Übel begründen werden. Das ändert nichts daran, dass ihr verwerfliches Handeln mehr als furchtbar, böse und abartig ist und ihr Denken darüber skrupellos bleibt.

„Entschuldige bitte, „ES", hat dieses kleine Wort Differenz solche Auswirkungen?" „Nein, Venus! Ich merke schon, ich muß dir den Begriff erklären."

Wenn ich von den Folgen, die aus solchen Differenzen entstehen können sprach, dann bringe ich damit zum Ausdruck, dass es einen Unterschied zwischen Bösem und Gutem, oder viel und wenig zu begründen gibt. Gäbe es keine Differenz, also einen Unterschied zum Beispiel zwischen reich und arm, wären die beiden Merkmale eines bestimmten Zustandes nicht voneinander zu unterscheiden.

„Alles verstanden, liebe Venus?" „So leidlich, „ES"." „Also, dann wieder zurück zum leidigen Thema Krieg als notwendiges Übel." Mit den Grundsätzen der Vernunft und der Liebe beurteilt, sind das nur Ausflüchte, um ihre krankhafte Gier und ihre Habsucht dahinter zu verstecken."

„Du kannst einem ja richtig Angst machen, „ES"! Ganz so heftig kommt es hoffentlich nicht auf meiner Oberfläche. Damit meine Venusianer das alles lernen zu verstehen, haben sie ja deinen reichlich gedeckten Tisch. Sie müssen ja nicht schlecht und bösartig handeln. Sie könnten ja auch anders, so sie nur wollen. Das stimmt doch so, lieber „ES"?" „Ich sehe, ich muß mich mit dir über diese Problematik nicht mehr unterhalten. Du hast das sehr gut verstanden. Aber nun weiter mit der Entwicklung auf deinem Planeten."

Langsam bilden sich in kleinen Schritten privates Eigentum, und wirtschaftliche Unterschiede zwischen den großen Sippen, die auf der Landfläche verteilt leben, und natürlich auch Abweichungen in der Großfamilie selbst.

Etwas privat zu besitzen, und der Austausch von Gütern, also zum Beispiel alle mögliche Arten von Tieren, Tierprodukten, Feldfrüchten, Handwerkszeug, Kleidung und natürlich Waffen, führen zu unterschiedlichem Besitz, und zu einem völlig anderen Verhalten untereinander. Du siehst, Venus, die ersten Schritte zum Raffen von Gütern beginnen sich an das Laufen zu gewöhnen, und damit entwickeln sich natürlich auch solche Charaktereigenschaften wie Neid und Missgunst. Aber auch für die Vernunft, die Liebe und das Mitgefühl bilden sich Möglichkeiten heraus, sich zu entfalten, und in den Herzen von denkenden Geschöpfen einen Platz zu finden.

Für deine Venusianer, liebe Venus, ist das auch nicht so schwer zu fühlen, was alles für gute oder schlechte Eigenschaften in ihnen schlummern. Das Schwierige ist, dass sie sich entscheiden müssen! Entweder für das Gute, oder für das Böse. In letzter Konsequenz sollte das jeder für sich selbst und allein aushandeln. Letztlich muss jeder für das, was er in seinem Leben entscheidet, auch die Verantwortung übernehmen.

Wir werden sehen, was deine Venusianer aus ihrem Leben machen. Es liegt letztlich in ihrer Hand, oder genauer ausgedrückt, in ihrem Entscheidungszentrum, und das ist ihr Kopf, der allerdings nicht allein. Es ist und bleibt das eigene Handeln.

Ich denke, wir sollten nicht gleich zu viel erwarten und ihnen die Zeit geben, sich dahin zu entwickeln, wo wir sie gerne haben wollen. Ob es gelingt, werden wir sehen. Wir lassen es für jetzt erstmal gut sein. Ich möchte mich noch mit meiner Freundin Cosyma treffen, und du kannst in der Zwischenzeit ein ausgiebiges Schläfchen halten. Die Entwicklung deiner Venusianer ist erst in den Anfangsstadien. Du wirst, so wie ich das einschätze, nichts Wesentliches versäumen.

„Also, kleine Venus, bis zum nächsten Mal, und rufe mich, wenn es notwendig sein sollte." „Saus schon los, lieber „ES", ich werde erstmal schlafen und hoffen, dass meine Venusianer, während ich ruhe, sich aus lauter Gier und Neid nicht gegenseitig abmurksen."

Die wahren Menschen sind nur die, welche in sich selbst eindringen können, kosmische Menschen, welche imstande sind, sich bis zu ihrem Zusammenhange mit den großen Weltprozessen zu versenken.

Robert Musil

Ein kosmisches Gespräch

Es ist besser, nicht auf seinen persönlichen Ansichten zu beharren,

sondern mit dem Gegenüber in einen Dialog zu treten.

Dalai Lama

Nach geraumer Zeit trifft das Geistwesen „ES" seine Freundin Cosyma, ebenfalls ein Geistwesen, um mit ihr darüber zu sprechen, ob eine Ausdehnung des materiellen Universum im Raum/Zeit Kontinuum möglicherweise eine energetische Auswirkung auf das „geistige Sein", eingebettet in der „geistigen Energie", haben könnte. Das materielle Universum dehnt sich derzeit aus und ein Ende ist noch nicht abzusehen.

„Mein lieber „ES", jetzt grüble nicht so über kosmische Entwicklungen nach die geschehen, es ist der Lauf der Ereignisse, das spüre ich bereits deutlich." „Cosyma ich freue mich erstmal, dass du da bist und ich mit dir reden kann." „Bitte lieber „ES", jetzt stell dich nicht so an. Wenn du ein Geschehen, so zum Beispiel die Entwicklung des materiellen Universums, nicht aus dem Blickwinkel der Zeit betrachtest, kann es völlig unwichtig für dich sein, wo etwas geschieht, wann ein Ereignis eintritt und wie es im Einzelnen, oder im Zusammenhang abläuft. Es geschieht! So einfach ist das! Es gibt keine Definition für den Anfang, und auch nicht für das Ende." „Und warum kann es dafür keine Begründung unter zu Hilfenahme der Zeit geben, Cosyma?" „Weil das handelnde Geschehen in einem Universum, mein lieber „ES", „Ist"! „Entschuldige bitte, Cosyma, mein Geist streikt." „Du machst es dir zu schwer, „ES"! Wenn du dir bestimmte geistige, materielle und ablaufprozessuale Zustände erklären willst, und so es sein soll, unter konkreter Einbeziehung der Zeit, dann definierst du nicht das ablaufende Geschehen selbst, sondern sprichst nur über das, was bereits war, oder möglicherweise einmal irgendwann geschehen könnte.

Dann erklärst du Differenzen, Abstände, Anfang und Ende eines Geschehens.

Nimm als Beispiel dich, und du beziehst den Faktor Zeit mit ein, dann definierst du einen Anfang für deine Existenz. Das aber, lieber „ES", ist nicht so. Du hast lediglich deine energetische Existenz und deine energetische Struktur verändert. Bestimmst du zeitlich einen Anfang, muß es konsequenter Weise auch ein Ende geben. Deine Existenz als Geistwesen hat aber kein Ende." „Wieso nicht! Ich bin doch in ihr gefangen?" „Ja, das bist du, „ES"." „Aber wieso finde ich in meiner Existenz kein Ende? Versteh ich nicht?" „Sollte dein energetischer Entwicklungsprozess einmal möglicherweise kein Ende finden wollen, wirst du trotzdem den Anfang dienes Bestehens erkennen können. Das ist sicher!"

„Zurück zur Definition der Zeit! Für das „Ist" brauchst du die Zeit nicht. Ganz sicher nicht, „ES", das ist so! Um Gegebenheiten, die du in Verbindung mit der Zeit erklären willst, brauchst du zeitliche Unterschiede und Veränderungen im Ablauf des Geschehens! Du benötigst zur Definition jeglicher Art eines Geschehens, unter Einbeziehung des Faktors Zeit, die Differenz einer Zeitfolge, einen zeitlichen Anfang und sein Ende. Du wirst dich daran nicht einfach vorbeimogeln können. Die Unendlichkeit „Ist"! Sie war nicht gewesen, sie wird auch nicht irgendwann einmal sein. Nein! Sie „Ist"! Das „geistige Sein", eingebettet in der „geistigen Energie" „Ist"!

„Dein Vergleich mit dem „geistigen Sein", eingebettet in der „geistigen Energie" hinkt aber, Cosyma." „Natürlich hinkt er! Das weiß ich selbst. Alle Vergleiche hinken. Der eine etwas mehr, der andere dafür weniger. Jetzt sei halt nicht so pingelig, lieber „ES"! Natürlich fragt man sich immer nach dem „Davor" und dem „Danach". Also, wo kommt das „geistige Sein", eingebettet in der „geistigen Energie" her, und wohin wird es möglicherweise einmal gehen? Das würde uns zwei übrigens auch erheblich berühren.

Diese zwei Fragen bilden sich aber nur dann heraus, mein lieber „ES", wenn du die Zeit bei diesem Thema mit einbeziehst." „Entschuldige liebe Cosyma, du bist ziemlich anstrengend. Geht's etwas leichter? Ich mein ja nur." „Also gut, weil du's bist. In der Unendlichkeit gibt es den Faktor Zeit nicht, sonst wäre ja die Unendlichkeit nicht unendlich! Das „Ist", „ES", kannst du mit dem Verstand und mit der Vernunft nicht erfassen und nicht definieren. Das „Ist" kannst du möglicherweise nur durch das „kosmische Fühlen" erkennen. Das einmal zu erreichen, ist ein ganz wesentlicher Bestandteil für die Entwicklung von uns geistigen Wesen. Natürlich auf für alle denkenden körperlichen Lebewesen der höheren geistigen Ordnung. Nicht nur, aber eben auch!"

„Ich habe zwar nicht alles verstanden, liebe Cosyma, aber eins weiß ich ganz sicher, ich habe eine sehr kluge geistige Freundin." „Danke, „ES"! Deinem geplagten Geist zuliebe, lassen wir das Thema „Zeit" erstmal ruhen.

„Eine Freundin von dir, lieber „ES", der Planet Venus im System der Milchstraße, schläft den Schlaf der Seligen. So wie ich das beurteilen kann, wird sie beim Erwachen einige sehr unangenehme Ereignisse zu spüren bekommen." „Könntest du möglicherweise helfend etwas daran ändern, oder wenigstens die schlimmsten Ereignisse, die geschehen sollten, mildern, Cosyma?" „Nein, „ES", ich kann das wirklich nicht! Ich bemühe mich, in einer großen Galaxis in der ich gute Möglichkeiten sehe meine geistige Energie in besonderer Weise zu kräftigen, mitzuwirken. Damit das Vorhaben auch gelingen soll, werde ich mich lieber selber darum kümmern." „Verstehe, Cosyma! Eine ganze Galaxis ist letztlich wichtiger als ein kleiner Planet."

„Jetzt sei nicht traurig, „ES", glaub mir, so schlimm wird es für den Planeten Venus nicht werden. Ich denke, die dort lebenden Venusianer werden das, was sie auf dem Planeten Venus alles so anstellen und sich einbrocken, letztlich selber auslöffeln müssen. Die Lebenserwartung des Planeten Venus ist doch sehr lang. Sie wird das Dilemma, das ihre Venusianer so anstellen, leicht überleben.

Anders verhält es sich bei ihren Geschöpfen oder Venusianern wie sie genannt werden." „Wie meinst du das, Cosyma?" „Wenn sie nicht bald zur Vernunft kommen, und einsichtig werden, schau ich beim Anblick ihres weiteren Daseins, wie in ein schwarzes Loch im materiellen Universum. Rücksichtsvoll formuliert. Oder wie du manchmal so treffend zu sagen pflegst: Und aus die Maus!

Zu einem anderen Thema, lieber „ES". Wir zwei haben doch wichtige Erfüllungsgehilfen für unser Handeln, was wir als Geistwesen selbst nicht so leicht durchführen können." „Der Geist der Vernunft", soweit ich das bis jetzt miterlebte, und „Die Bestie Krieg" haben sich schon ganz ordentlich auf dem Planeten Venus behakelt. Ergebnis offen." „Ich spüre das auch, Cosyma. Hoffentlich setzt sich die gute Fee durch." „Entschuldige bitte, „ES", ich glaube der Planet Venus ruft nach dir." „Ja, ich höre es, und es klingt nicht besonders lustig." „Jetzt mach schon los, und kümmere dich um den Planeten. Ich sehe derweilen mal nach der Galaxis, die ich gern für mich gewinnen möchte. Also, „ES", bis zum nächsten Mal." „ Einverstanden Cosyma, wir sehen uns wieder!" „Bis bald, lieber „ES"."

Nichts bleibt von beiden Geistwesen zurück, als ein leises geistiges Rauschen, das sich schnell entfernt. Beide eilen dorthin, wo sie vermutlich dringend gebraucht werden.

Ich werde krank

Es ist wie eine Krankheit der Menschen, dass sie ihre eigenen
Fehler vernachlässigen, und dafür auf den Feldern
anderer nach Unkraut suchen.

Alte Chinesische Weisheit

V enus wird durch schmerzhafte Stiche auf ihrer Oberfläche
aus ihren besinnlichen Träumen gerissen. Die Traumer-
lebnisse lassen sie vergessen, dass sie eigentlich ein Planet
ist und kein körperliches Wesen auf zwei Beinen.

Sie wunderte sich schon sehr, wie sie als kleines Kind ihres Planeten auf der Oberfläche entlang, vorbei an wunderbaren Landschaften, grünen Wäldern und ein Meer von duftenden Wiesen,
spazieren gehen konnte. Eigentlich gar nicht so besonders unge-
mütlich, wenn ich mal etwas kleiner bin als sonst, überlegt sie be-
lustigt. Auch schön, dass ich die Früchte meines Schaffens körperlich fühlen kann, denkt sie noch voller Bewunderung.

Die schmerzhaften Berührungen auf ihrer Oberfläche lassen nicht
nach, und werden zunehmend unangenehmer. Es dauert noch eine
geraume Zeit, bis sie sich aus ihrer Traumwelt befreien kann und in
der Wirklichkeit ankommt. Irgendwas ist während ihres Schlafens, auf der Oberfläche geschehen, das im krassen Widerspruch zu
der Zeit steht, in der sie mit dem Geistwesen „ES" diskutierte. Sie
spürt immer deutlicher und schmerzhafter, dass mit Teilen ihrer
Oberfläche irgendetwas nicht stimmt. Die Schmerzen hören nicht
auf. Sie sind nicht unerträglich, aber lästig wäre auch nicht der
richtige Ausdruck dafür. Es schmerzt, und das muß ja nicht sein,
denkt sie ärgerlich. Ich werde mich mal der Sache annehmen und
das Geistwesen „ES" rufen. Ohne Schwierigkeiten kann sie feststellen, dass auf den zwei großen Landflächen auf ihrer Oberfläche

eigenartige längliche Körper mit Feuer und Getöse durch die Luft fliegen. Tiere sind das nicht, überlegt sie mühsam, die kenne ich doch alle. Kaum schlagen diese Ungetüme auf dem Boden auf, gibt es riesige Explosionen, wie bei Vulkanausbrüchen. Sie kann sich trotz gründlicher Überlegungen nicht erinnern, dass es auf ihrer Oberfläche Lebewesen geben soll, die ein derartiges Feuerwerk anrichten könnten. Was soll denn das alles noch werden? Und überhaupt, was stellen diese riesigen Detonationen alles noch an? Sie zerstören ja meine ganze Oberfläche. Geht's noch! Außerdem spüre ich eine eigenartige, starke Strahlung, die ich nicht einordnen kann. Jetzt ist Schluss mit meiner Geduld! Es wird Zeit, dass diese denkenden Geschöpfe, so sie die Ursache dafür sind, zur Ordnung gerufen werden. Wo bleibt nur wieder das Geistwesen „ES"? Immer wenn ich es dringend brauche, ist er nicht da.

„Jetzt sei halt nicht so ungeduldig, ich bin ja hier, kleine Venus. Meine Freundin Cosyma hat mir zwar schon angedeutet, dass möglicherweise üble Dinge auf deinem Planeten im Gange sind, aber so schlimm habe ich mir das wirklich nicht vorgestellt! Das ist ja mehr als gefährlich. Hier scheint ja die „Bestie Krieg" im Siegesrausch ihr verbrecherisches Handwerk auszuüben!" „Erstmal danke, dass du da bist, „ES". Was meinst du denn mit der Bestie Krieg? Was ist denn das für eine niederträchtige Erscheinung?"

„Über Kriege, und ihre schrecklichen Ereignisse, haben wir zwei uns ja schon ausgiebig unterhalten. Die „Bestie Krieg", ist eines der ganz schlimmen Geister im materiellen Universum, das nichts anderes im Sinn hat, als denkende Geschöpfe bei ihren abartigen Handeln mit großer Hingabe beizustehen." „Sag mal, „ES", kannst du dieses böse Ungetüm nicht in einem großen schwarzen Loch verschwinden lassen?" „Nein! Leider nicht, Venus!" „Kannst du mir was über dieses Ungeheuer erzählen, und was es noch alles so anstellen wird, außer dass es meinen schönen Planeten in eine leblose Wüste verwandeln will?" „Kann ich, liebe Venus, aber schön ist der Bericht nicht. Es ist ein sehr dunkles Kapitel aus dem materiellen Universum, und ich rede ungern darüber.

„Zugegeben, kleine Venus, dass mit der „Bestie Krieg" ist nicht so schrecklich wie man das auf den ersten Blick meinen könnte." „Du solltest mich nicht so verschaukeln, „ES"! „Aber Venus, so was tue ich doch nicht. Außerdem ist mir deine schöne Kuller dafür zu schwer. Ich darf doch trotz des ernsten Themas einen Scherz machen, liebe Venus?" „Darfst du, aber nur weil du mein Freund bist."

„Du erinnerst dich sicherlich an das Thema mit dem riesigen gedeckten Tisch, auf dem alles für diese denkenden Geschöpfe auf deinem Planeten zu haben ist, so sie es wollen." „Ich erinnere mich gut an das Thema." „Jetzt stell dir die „Bestie Krieg" vor, die über diesem Tisch schwebt, und nur darauf lauert, dass sich deine Venusianer wie hungrige Tiere auf die Platte stürzen, und so viel wie möglich, und so viel sie können, an sich raffen. Natürlich lässt sich die Bestie so eine Gelegenheit nicht entgehen, und stachelt deine Venusianer geistig richtig auf, damit sie in ihrer Rafferei ja nicht innehalten, oder möglicherweise auf die Idee kommen, dass sie das alles überhaupt nicht brauchen. Wohin das letztlich führt, weißt du ja, Venus." „Weiß ich! Ekelhaft ist das, „ES", widerlich ekelhaft." „Die „Bestie Krieg" ist nur ein Erfüllungsgehilfe für die schlechten Charaktereigenschaften, und für die Kriegstreiberei braucht man es in besonderer Weise. Es ist das Übelste, was denkende körperliche Lebewesen der höheren geistigen Ordnung überhaupt anstellen können.

Damit das auch gelingt, schuftet dieses Gespenst Tag und Nacht, und ist unaufhaltsam darauf bedacht, möglichst viele dieser Spezies für seine Untaten zu gewinnen. Ganz sachlich betrachtet, ist diese Bestie eigentlich nur ein Lockmittel für bestimmte üble Charaktereigenschaften der von mir bereits genannten Spezies.

Entweder sie fallen darauf rein, oder eben nicht. Tun sie es, dann ist das wahrlich eine schlimme Sache, nicht für alle, aber für die, die sich verführen lassen. Es kommt nicht selten im materiellen Universum vor, dass durch so ein abartiges Verhalten, natürlich mit großer Unterstützung dieser Bestie, Geschöpfe dieser Spezies auf grausame Art sterben müssen. Übrig bleibt in den meisten Fällen ein Teil der Pflanzen- und der Tierwelt bestehen, die sich nach geraumer Zeit von den Untaten so eines Krieges erholen können." „Aber dann hat ja die Bestie niemand mehr, mit denen es seine schlimmen Spiele treiben kann, „ES"?" „Für den einzelnen Planeten trifft das zu, Venus, aber das materielle Universum ist riesig, und diese Bestie sucht sich eben einen anderen bewohnten Planeten für seine schrecklichen Spiele."

„Warum ist das so, „ES"?" „Das Thema ist nicht so leicht zu verstehen, liebe Venus. Ich verspreche dir, dass wir beide uns noch darüber unterhalten werden. Auf deinem Planeten sieht es derzeit nicht gut aus." „Das merke ich, „ES"! Es ist nicht sehr schlimm mit meinen Schmerzen, trotzdem, ohne diesen Stichen wäre mir wohler." „Der Geist der Vernunft hat es derzeit nicht leicht mit deinen Venusianern. Sie lassen sich allzu leicht von der Verlockung hinreißen, und scheuen keine Untaten, ihre Ziele ohne Rücksicht auf ihre Umwelt zu nehmen, auch praktisch umzusetzen.

Die für dich sehr schmerzhaften Einschläge auf deiner Oberfläche sind das Werk deiner Venusianer. Der Geist der schöpferischen Vernunft ruft ihnen doch ständig zu, dass das Leben von jedem Geschöpf hier auf der Venus, nur auf einem kleinen Zeitraum befristet ist, und jeder nach Ablauf seiner Lebensspanne in einem tiefen Loch begraben und anschließend verfaulen wird. Was soll also dieses ganze gierige Geraffe nach Dingen, die sie so überhaupt nicht brauchen? Und ihr Geist, mit seinem Verstand? Wo ist der, und was wird aus ihm?" „Was fragst du mich das, „ES"? Woher soll ich das alles wissen?" „Entschuldige, Venus. Die Frage war eigentlich so gedacht, dass ich sie selber beantworten soll. Also zur Frage zurück! Was wird aus ihrem Geist? Der steht an dem Tag, wo der Körper tief in der Erde verbuddelt wird, vor einer anderen Entscheidung. Der Energieinhalt ihres Ichbewusstsein, der sich während ihres körperlichen Lebens und aufgrund ihres Handelns und Verhaltens aufgebaut hat, wird den weiteren Weg ihres geistigen Lebens bestimmen. So, jetzt wieder zu dir, Venus."

„Was ist eigentlich auf meinem Planeten alles so passiert, „ES"? Ich habe zwar ziemlich lang geschlafen, so schlimm können doch die Veränderungen in dieser Zeit nicht gewesen sein, oder etwa doch? Bevor ich mich zum Schlafen verabschiedete, lebten meine Venusianer in sehr einfachen Verhältnissen, und jetzt bekämpfen sie sich, jedenfalls sieht das so aus, mit sehr gefährlichen Waffen. Verstehst du das, „ES"?" „Für unser Zeitempfinden warst du nicht lang in einer anderen Welt, aber für deine Venusianer ist bereits eine beträchtliche Zeit vergangen. Lass dir erzählen, was in deiner geistigen Abwesenheit sich alles auf deiner Oberfläche veränderte."

Wie du dich bestimmt erinnern wirst, lebten bei unserem letzten Gespräch deine Venusianer in einfachen Behausungen, und waren emsig damit beschäftigt, viele kleine Kinder zu zeugen. Nach und nach begannen sie sich allerdings mehr um die täglichen Arbeiten zu kümmern, und wie sie die vielen Kinder auch satt bekommen können. Die tägliche Versorgung der Großfamilie mit Nahrung, nahm dabei natürlich einen wichtigen Platz ein. Die permanente Verbesserung ihrer Fertigkeiten und Fähigkeiten, führte in kleinen Schritten zur einfachen Arbeitsteilung und schaffte damit die Voraussetzung für den Beginn von unterschiedlichen Besitzverhältnissen. Es gelang ihnen in diesem Zusammenhang zunehmend, von vielen Dingen für das tägliche Leben wie: Werkzeuge, Waffen, Kleidung und viele andere Sachen, wesentlich mehr herzustellen, als in der Gruppe gebraucht und verbraucht wurde. Ein wichtiger Ausgangspunkt für ihre Fortentwicklung.

„Was meinst du mit „Arbeitsteilung, „ES", ich kann mir darunter nicht viel vorstellen?" „Das ist nicht so ernst gemeint wie es klingen mag. Arbeitsteilung bedeutet nichts anderes, als die Aufteilung bestimmter Arbeiten und Handlungen auf andere Sippenmitglieder mit den dafür erforderlichen Fertigkeiten und Fähigkeiten. Solche Typen hat man in den meisten Fällen schnell gefunden. Später, als auch die Denkfähigkeit ihres Geistes deutlich zunahm, waren körperliche Merkmale nicht mehr allein ausschlaggebend, um sich auf Kosten und zu Lasten anderer möglicherweise ein schönes Leben zu machen. Mit egoistischen und ausgeklügelten Gedanken gelang es wenigen Venusianern, viele für sich und zu ihrem eigenen Vorteil auszunutzen, und für sich arbeiten zu lassen. Das hat sich übrigens bis heute auf deinem Planeten nicht wesentlich geändert. Aber weiter zum Begriff Arbeitsteilung."

„Stell dir deine Venusianer auf der Oberfläche vor, wie sie ihre täglichen Arbeiten gemeinsam verrichten. Nehmen wir an, sie machen sich alle auf den Weg, um essbare Pflanzen, Früchte und Wurzeln zu sammeln." „Kann ich mir gut vorstellen. Habe mir ja vor langer Zeit viel Mühe gegeben, damit auf meiner Oberfläche was wachsen kann!" „Gut gemacht, kleine Venus!"

Genau solche Arbeitsweisen begannen sich zu ändern. Sie lernten schnell, dass nicht alle losrennen müssen, um eine einzige Arbeit zu erledigen. Gemeinsam dachten sie nun darüber nach, wer sich aus der Gruppe am besten für welche Art der Arbeiten eignen würde, und welchen Nutzen die Sippe daraus ziehen könnte. Wir haben uns ja darüber schon ausführlich unterhalten. Wollen wir es erstmal dabei belassen, Venus!" „Danke, „ES", alles verstanden." „Prima! Also, wo waren wir stehengeblieben, Venus?" „Ich glaube, du warst bei den nächsten Schritten meiner Venusianer, auf dem Weg zu ihrer weiteren Fortentwicklung!" „Ja, richtig! Also gut, dann mal weiter im Text."

Es begann die Zeit des Handelns. Ein gängiger Grundsatz im Handel lautet: „Gibst du mir, geb ich dir". Das funktioniert eigentlich fast immer, und ohne Schwierigkeiten. Die Frage ist das „Wie", man das alles ordnen und gerecht abwickeln kann. Einfach ist diese Aufgabe nicht! Trotzdem, sie muss gelöst werden, sonst würde die Entwicklung deiner Venusianer stehen bleiben.

Die Form des Erwerbs von Sachen, eben durch Handel, weckt im zunehmenden Maße bei einigen der Venusianer bestimmte Begehrlichkeiten. Die, wie sollte das auch anders sein, gewisse Charaktereigenschaften wie, Habgier und Raffsucht, bei den einen, und Neid und Missgunst bei den anderen in ihren Köpfen zum Blühen bringen.

Der Beginn von arm und reich hält seinen Einzug und die Kluft zwischen, viel haben und wenig besitzen, beginnt zu wachsen. Die Venusianer halten sich nicht mehr in Höhlen, Felsengrotten und einfachen Behausungen auf, sondern bauen sich bereits aus Holz und Steinen einfache Gebäude. Die großen Sippen lösen sich langsam auf, und mehr und mehr schließen sich die zusammen, die auch unmittelbar zusammen gehören wollen. Also Vater, Mutter und ihre Kinder. Mit dem geistigen Wachstum der Venusianer, der rasanten Vermehrung, die ständige Verbesserung ihrer handwerklichen Fertigkeiten und der beginnende Handel schaffen ein neues Problem, das Tauschen. Wobei nicht das Tauschen an sich ein Problem darstellt, sondern das „Wie" und in welchem Verhältnis. Gemeint ist natürlich damit, „was" tausche ich „wie", und für „was". Diese Handlungen mussten wohl oder übel in eine Form gebracht werden, die zur deutlichen Verbesserung mit Langzeitwirkung führen sollten. Es beginnt das Suchen nach einem gerechten Gegenwert für das, was sie tauschen möchten, und der möglichst neutral sein sollte. „ES" bitte, geht's etwas einfacher für mich?" „Pass auf! Stell dir vor, du bist eines von deinen Kindern, hast eine kleine Herde von Tieren, die du gefangen hältst, aber nicht unbedingt selber brauchst. Deine Familie hat einen ausreichenden Bestand von den Tieren. Was dir dringend abgeht, ist eine große Anzahl von Kleidungsstücken für die kalte Jahreszeit." „Aha, verstehe!" „Gut, also weiter mit dem Tauschen!"

Von Mitgliedern einer anderen Sippe erfährst du, dass nicht sehr weit von eurem Standort entfernt eine Großfamilie lebt, die sich auf die Anfertigung von Bekleidung spezialisiert hat. Etwas mühsam, aber trotzdem hoffnungsvoll, treibt ihr die Tiere zu dieser Familie, die, wie gesagt wurde, geschickte Frauen zur Anfertigung von Bekleidung für Kinder, Frauen und Männer hat. Niemand bei ihnen will allerdings Tiere einfangen, und sie in Gehegen sichern, und mit ihnen handeln. Vielleicht fehlen auch geeignete Futterplätze, oder was auch immer der Grund dafür sein mag. Soweit so gut!

Kommt ihr bei der Familie an, suchst du diejenige bei ihnen aus, mit der du über den Tausch der Tiere gegen Kleidungsstücke für die kalte Jahreszeit verhandeln kannst. Damit entsteht ein Problem, das bestimmt nicht einfach zu lösen sein wird, aber gelöst werden sollte, damit die Kinder und alle anderen in der Sippe natürlich auch im Winter nicht frieren müssen.

„Wie meinst du das, „ES"? Was soll denn daran so schwierig sein? Ich gebe meine Tiere her, und sie geben mir dafür: Hosen, Jacken, Kleider und Hemden die ich brauche, und fertig ist der Handel."

„Ach was! Na, so einfach, kleine Venus, ist das eben nicht." „Wieso nicht, „ES"? Was soll denn daran so kompliziert sein?" „Wie viele von der jeweiligen Art der Kleidungsstücke brauchst du, Venus, und wenn das klar ist, wie viele Tiere bist du bereit, dafür einzutauschen?" „Ich mache das halt so, wie ich mir das vorstelle." „Das denkt sich deine Gegenspielerin auch, weil sie natürlich für sich einen Vorteil haben will."

„Gut, „ES", das ist wirklich nicht so einfach. Jetzt verstehe ich das besser. Vermutlich sind solche Tauschereien nur dann erfolgreich, wenn beide Seiten guten Willens sind, oder möglicherweise richtet sich das auch danach, wie dringend etwas gebraucht wird. Also, ich meine das so. Je eiliger Mitglieder einer Sippe oder einer Großfamilie etwas suchen, was sie dringend zum Überleben benötigen, umso eher werden sie bereit sein zu tauschen, auch wenn sie dabei möglicherweise benachteiligt werden.

Sehr gut kann ich mir das vorstellen, wenn eine Familie schon seit geraumer Zeit großen Hunger leiden musste, und bereits Kinder gestorben sind. Sie haben zwar große Vorräte an Werkzeugen, aber die können sie ja nicht essen. In ihrer Not werden sie die Geräte eintauschen müssen, für die sie in einer anderen Situation, deutlich mehr Nahrungsmittel bekommen würden." „Richtig Venus! Noch ein Beispiel, zu welchen Umwegen so ein Tauschhandel auch führen kann.

Stell dir eine Großfamilie vor, die am Wasser lebt, und sich darauf spezialisiert hat Geräte zum Fangen von Wassertieren zu fertigen. Sie haben davon genügend übrig, und könnten sie gegen Wasserfahrzeuge eintauschen, die sie selbst nicht herstellen können, aber gerne besitzen möchten. Sie machen sich auf den Weg, und finden eine Großfamilie die solche Fahrzeuge baut, aber nicht bereit ist, sie gegen Geräte zum Fangen von Wassertieren zu tauschen. Was sie suchen sind Lederwaren, die sie für die Fertigung ihrer Wasserfahrzeuge dringend benötigen.

„Kompliziert, lieber „ES", wirklich keine einfache Situation. Und wie löst sich das auf, damit alle Beteiligten ihr Ziel erreichen?"

Jetzt muss so eine Familie einen Tauschpartner suchen, der ihre Fanggeräte gegen Lederwaren eintauscht, damit sie dieses Lederzeug bei der anderen Großfamilie gegen Wasserfahrzeuge tauschen können. Und so schließt sich der Kreis. Was nicht heißen soll, dass solche Umwege manchmal noch komplizierter ablaufen, als ich sie hier erzähle.

„Dann sind ja manche Familien ziemlich lange unterwegs, um letztlich das zu bekommen, nach dem sie suchen, oder sehe ich das falsch, „ES"? „Das siehst du schon richtig, liebe Venus. So eine Sucherei nach den Sachen die sie brauchten, führte hie und da auch zu sehr gewaltsamen Verhaltensweisen!" „Haben die sich vielleicht wegen irgendwelcher Felle oder anderen Sachen einfach abgemurkst, „ES"? „Auch das kam vor, und geschieht immer wieder. Meistens kommt es dabei nur zu handfesten Prügeleien zwischen den Tauschpartnern. Prügeleien, bei denen die Stärkeren darüber entscheiden was sie haben wollen, und was sie bereit sind, wenn überhaupt, dafür etwas herzugeben, waren und sind keine Seltenheit.

Wie du merkst, Venus, steckt in dieser Tauscherei bereits das abartige Gedankengut der „Bestie Krieg". Die schon frühzeitig bemüht ist, ihr bösartiges Verhalten unter die denkenden Geschöpfe zu bringen. Nicht immer endet so ein Tauschgeschäft blutig, oder sogar mit dem Tod. In den meisten Fällen gehen sie zufrieden mit dem Handel friedlich ihrer Wege. Und so gibt es viele Beispiele, die dir zeigen würden, dass die Tauscherei wirklich nicht einfach war. Du siehst, diese Form des Handelns war außerdem nicht besonders gerecht, egal wem es dabei traf.

Deshalb, allerdings nicht nur, wurde der Ruf nach einer anderen, gerechteren Form des Handelns immer lauter. Es begann die eifrige Suche nach einem gültigen Tauschmittel, das ausnahmslos jeder akzeptieren sollte, und das jeder, ohne Einschränkung, nutzen und gebrauchen kann. Viele Fragen mussten dafür gelöst werden. Nur so als Beispiel: Aus was sollte dieses neutrale Tauschmittel bestehen? Und von wem, für wen, und wie soll es verwaltet werden? Wer wird die tragenden Säulen des Handelns übernehmen und verwalten. Ich weiß das deshalb, weil sich die Entwicklung dieses neutralen Tauschmittels bei fast allen besiedelten Planeten im materiellen Universums so und nicht anders Geltung verschaffte. Es verging eine geraume Zeit auf deinem Planeten, bis einige kluge Venusianer eine brauchbare Lösung fanden.

„Ehrlich gesagt, „ES", ich habe davon nichts mitbekommen!" „Kein Wunder, du hast ja geschlafen." „Stimmt auch wieder. Und wie ging das weiter, „ES"?" „Ja, liebe Venus, wie ging das alles weiter?"

Auf der Suche nach bestimmten Stoffen und Materialien, die deine Venusianer für den Bau von Häusern, Werkzeugen und Waffen brauchten, fanden sie auf der großen Festlandsfläche, auf der durch die relativ hohen Temperaturen wenig wächst, im Inneren eines riesigen, inaktiven Vulkangebietes, ein außergewöhnliches Gestein. Es war für seine Größe außergewöhnlich schwer, und es funkelte permanent in einer seltsamen, ungewöhnlichen hellblauen Farbe. Ganz gleich wo man diese Steine aufbewahrte, das Leuchten blieb. Selbst wenn man sie ins Wasser oder Feuer legte, änderte sich daran nichts.

Diese Steine weckten sehr schnell das Interesse von einigen besonders klugen Venusianern, die bereits eine gewisse Macht auf die große Masse deiner Venusianer ausübten. Schnell erkannten sie die Bedeutung dieser Steine, um sie als mögliches Tauschmittel für den gesamten Handel und anderen Leistungen auszuwählen. Das Interesse unter den Venusianern begann unaufhaltsam zu wachsen, und weckte bereits die Gier und die Habsucht aus ihrem Schlaf, damit sie diese bedeutsame und vom Erfolg gesegnete Laufbahn der Steine nicht verpassen. Und so kam es, wie es kommen sollte. Diese leuchtenden Steine, weil sie eben etwas Besonderes waren, und nur in dem alten Vulkangebiet vorkamen, wurden sofort unter strenge Kontrollen gestellt. Nur die dafür eingesetzten Venusianer durften diese Steine abbauen und in dafür bestimmten Gebäuden lagern, beschützen und verwalten.

Nach einiger Zeit der Beobachtung, ob möglicherweise die leuchtende Strahlung auf die Venusianer schädliche Auswirkungen haben könnten, wurden sie in maschineller Arbeit in gleich große Teile gefertigt, und von einer extra eingerichteten zentralen Verwaltung als generelles Tauschmittel freigegeben. Auch ein Name für dieses allgemein gültige Tauschmittel wurde festgelegt. Es bekam den Namen - „Vensteine".

Damit war der erste Schritt für die Entwicklung eines modernen und praktikablen Handels, und der Abwicklung von Leistungen getan. Nun begann die schwierige Aufgabe, Werteinheiten festzulegen, wie viel die verschiedenen Waren, die unterschiedlichen Tiere und Tierprodukte, Früchte von Pflanzen und die zu leistenden Arbeiten, in der Anzahl von Vensteinen berechnet werden können. Oder einfacher formuliert. Wenn ein Venusianer etwas kaufen oder verkaufen will, muss er ja schließlich wissen, wie viel er zum Beispiel für eine Hose, von den schönen Vensteinen hergeben muss.

Natürlich müssen ebenfalls die zu leistenden Arbeiten in einer bestimmten Weise bewertet werden, damit der, der für andere arbeitet, oder etwas herstellt, auch einen messbaren Ausgleich für seine aufgewendete Zeit in Vensteinen zugesprochen bekommt. Auch keine leichte Entscheidung festzulegen, welche Art von Arbeit wie viel Wert ist. Nicht jede Arbeit ist ja gleich viel wert. Alles in allem, ein schwieriger und sehr zeitaufwendiger Prozess, der bei den Venusianern auch noch im vollen Gange ist, und wohl vermutlich nicht so schnell enden wird. „Warum soll sich das nicht einregeln? Sie sind doch nicht dumm, ganz bestimmt nicht, „ES"? Sie haben jede Menge schlechte, und teilweise auch sehr üble Charaktereigenschften, aber ihr Denkapparat funktioniert. Ganz besonders dann, wenn sie sich auf jede Art von Möglichkeiten bereichern können." „Das ist richtig, Venus! Ganz so einfach, wie es scheinen mag, ist es allerdings nicht. Weil sich die Art der anfallenden Arbeiten durch die ständig zunehmende Arbeitsteilung einerseits, und durch die wachsende Denkfähigkeit andererseits, immer komplizierter gestalten wird. Nicht zu vergessen die Habsucht, die ebenfalls an Bedeutung zunimmt. Keine leicht zu lösende Aufgabe, liebe Venus, wirklich nicht.

Auch die Sachen die hergestellt und gehandelt werden verändern sich ständig. Und viele andere Dinge mehr. Wichtig ist für deine Venusianer, dass sie nun ein generelles Tauschmittel haben, mit dem sie den Handel, die zu erbringenden Leistungen und alle anderen Entwicklungen vorantreiben können." „So ganz verstehe ich das nicht, „ES", aber so ungefähr weiß ich jetzt, wie sie ihre Tiere gegen bestimmte Kleidungsstücke ohne Probleme tauschen können. Für den Anfang reicht mir das erstmal."

„Gut, liebe Venus, wir wollen jetzt nicht zu sehr ins Detail gehen, dazu haben wir später noch Gelegenheit. Und nun weiter mit der Entwicklung auf deiner schönen Kuller."

Für deine Venusianer beginnt eine schreckliche Zeit. Solche und ähnlich verlaufenden Zustände bei so einer Spezies kann ich auch auf verschiedenen Planeten verfolgen. Einige wenige raffen, mit Hilfe dieser Vensteine viele Sachen an sich. Wie ich feststellen konnte, scheint ihnen das allerdings nicht zu reichen. Über die Raffgier haben wir beide ja schon gesprochen. Sie bereichern sich auch noch an Venusianern, und machen sie zu ihrem Eigentum. Praktisch wie ein Stück Vieh, oder ein Wasserfahrzeug. Bestimmte Venusianer, natürlich solche, die über viele Vensteine verfügen und von der Habgier geplagt werden, müssen sie nicht mehr bei anderen Sippen und Großfamilien rauben lassen, sie kaufen sie. Wenn es ihnen danach ist, oder wenn sie nichts mehr taugen, werden sie eben wieder verkauft. Man nennt das auf einigen anderen Planeten Sklavenhandel. Praktisch nach dem Motto: „Gibst du mir, geb ich dir".

„Was sind Sklaven auf meinem Planeten, „ES"? „Ja, was sind Sklaven, kleine Venus? Das sind bestimmte Gruppen von Kindern und Erwachsenen, die durch üble Machenschaften bestimmter wohlhabender Venusianer, und durch die Kraft ihrer Entscheidungsgewalt, ganz normale Venusianer mit allen Rechten und Pflichten die andere auch besitzen, zu Vieh abstempeln und auch so behandeln. Sie haben grundsätzlich keine Rechte für ein eigenes, geordnetes und freies Leben." „Willst du damit sagen, dass es auf meinem Planeten immer noch solche üblen Zustände gibt, „ES"? „Nicht mehr in diesem großen Ausmaß, aber es gibt in einigen Teilen auf den zwei großen Landflächen noch solche Auswüchse von Sklaverei. Leider, liebe Venus! Aber lass dir weiter erzählen!"

Mit diesen so genannten Sklaven, in manchen Gebieten nannte man sie auch eine zeitlang, Leibeigene, können die, die sie als ihr Eigentum halten, anstellen was sie wollen. Sie können sie sogar töten, wenn es ihnen danach ist. Oder einfach nur so zum Spaß, weil sie nichts anderes im Sinn haben.

„Lieber „ES"! Du bist ganz sicher, dass einige meiner Venusianer so was tun, und möglicherweise immer noch?" „Aber ja! Und mit Begeisterung üben sie sich darin. Deine Phantasie wird nicht ausreichen, kleine Venus, um sich vorzustellen, auf welch abartige Methoden sie kommen, um sich am Töten von Sklaven, und dem Leid das diese armen Teufel dabei ertragen müssen, zu ergötzen. Wirklich ergötzen, das sage ich nicht nur so, das ist gängige Praxis. „Lieber „ES" bitte, gibt es dafür eine vernünftige und nachvollziehbare Erklärung?" „Nein, Venus! Eine vernünftige Begründung gibt es dafür nicht! Kann es auch nicht geben. Vielleicht hilft es dir zu verstehen, wenn du an die „Bestie Krieg" denkst. Die labt sich ja in solch einem schrecklichen Elend. In den meisten Fällen wollen sich einige wenige von diesen Venusianern auf deiner Oberfläche an den versklavten Männern und Frauen, auch Kinder gehören dazu, wirtschaftlich bereichern." „Und wie machen sie so was, „ES"?" „Wie sollen sie das schon tun? Mit diesen armen Sklaven, besser ich sage Männer, Frauen und Kinder, können sie ja anstellen was sie wollen, und wie ihnen so danach ist oder, was ihnen gerade einfällt. Sie sind so was wie ein Tier, oder ein Fell von einem Tier, oder irgendetwas anderes, das sie kaufen, verkaufen und für wenig Essen und Trinken ständig für sich arbeiten lassen. Wenn man sie nicht mehr gebrauchen kann, weil sie zu alt, zu schwach oder krank sind, werden sie beseitigt." „Wie meinst du das?"

„Einige von den Sklaven, egal ob Männer, Frauen oder Kinder, werden bei Veranstaltungen für die Nichtsklaven, großen hungrigen Raubtieren zum Fressen vorgeworfen. Das ist natürlich besonders lustig für die, die zusehen wollen, wie sich diese Tiere über die versklavten Venusianer hermachen. Die Schmerzensschreie sind vermutlich ein richtiges Labsal für die, die zusehen können. Eigentlich sehr dumm von solchen Venusianern! Woher wollen sie wissen, dass sie nicht auch mal in die gleiche Situation geraten können, wo man gefressen wird. Lustig ist das dann sicherlich nicht für die Betroffenen. Nur, dafür müssten sie halt das Organ in ihrem Kopf beschäftigen, und das scheint doch für viele sehr anstrengend zu sein. Auf das Leid anderer herabzusehen ist da sicherlich deutlich leichter zu bewältigen, und Spaß macht es allemal. Andere wiederum werden verkauft, so man dafür noch ein paar Vensteine bekommt, und der Rest wird einfach erschlagen und anschließend verbuddelt!" „Sie werden getötet, und anschließend verbuddelt? Und das ist wahr, „ES"?" „Das ist wahr, Venus! Wenn sie nicht gerade als Futter für die Raubtiere gebraucht werden." „Wie kann ich das ändern? Und bitte sofort, lieber „ES"?" „Das kannst du nicht! Ich übrigens auch nicht! Wenn hier jemand

Abhilfe schaffen kann, dann ist das der „Geist der Vernunft", und das ist ihm auf deinem Planeten nur zu einem gewissen Teil gelungen." „Wie meinst du das, nur zu einem gewissen Teil?" „Die Venusianer, die sich solche Sklaven halten, um sie zu allen möglichen Arbeiten zu benutzen, merkten sehr schnell, dass diese versklavten Männer, Frauen und Kinder mit wenig Lust und Fleiß arbeiten." „Ich würde das auch nicht anders tun wollen, „ES"!" „Und weil das so ist, liebe Venus, kamen pfiffige Venusianer auf den Gedanken, diesen Zustand der Sklaverei Stück für Stück zu ändern. Natürlichen brauchen die wenigen Venusianer, die viele Vensteine besitzen, Männer, Frauen und auch Kinder die ständig dazu beitragen, dass ihr Reichtum unaufhaltsam wächst. Als ob sie mit ihnen das ewige Leben erkaufen könnten? Lass dir berichten, was weiter geschah!"

Damit ihre schönen Vensteine immer mehr werden, und das auch gelingt, holen sie sich für bestimmte handwerkliche Arbeiten, die für sie gemacht werden müssen, ausgewählte männliche oder weibliche Venusianer, mit den notwendigen handwerklichen Fähigkeiten und Fertigkeiten, und gaben ihnen für das was sie leisten sollen, eine bestimmte Menge an Vensteinen. Das hört sich erstmal gar nicht so übel an, hat aber auch seine Schattenseiten für die Arbeitswilligen. Sie müssen sich ja von den Steinen, die sie als Lohn für ihre Arbeit erhalten, alles kaufen, was sie zum Leben für sich selbst, und für ihre Familien brauchen.

Auch um einen Platz, möglichst mit einem kleinen Haus, in der die Familie wohnen kann, muß mit großem Einsatz gerungen werden. Das alles auch noch mit Vensteinen zu bezahlen, war oftmals mehr als schwierig. Nicht immer gab es ausreichend Arbeit für alle, um genügend Vensteine zu verdienen. Im schlimmsten Fall wurden Kinder aus der Familie als Sklaven verkauft, so dass sich die Sklaverei immer noch eine bestimmte Zeit halten konnte. Der Vorteil für den Auftraggeber solcher Arbeiten liegt auf der Hand. Sie müssen sich keine Sklaven mehr kaufen, sie mit Nahrung versorgen und, so sie nicht mehr gebraucht werden verkaufen oder entsorgen, sondern sie bezahlen nur mit ihren leuchtenden Vensteinen, wenn sie dafür eine entsprechende Leistung erhalten. Alle weiteren Ausgaben bleiben ihnen erspart. Für die, die keine Sklaven mehr sind, und wenigstens ein paar von den schönen kostbaren Vensteinen besitzen, hat sich zwar einiges zum Besseren entwickelt, trotzdem ist die Not und das Elend ihr ständiger Begleiter.

„Am liebsten würde ich dir nicht mehr zuhören, „ES"! Das ist ja furchtbar, was sich meine Venusianer gegenseitig auf meinem schönen Planeten antun. Gibt es denn wenigstens auch ein paar gute Informationen für die Entwicklung meiner Venusianer, „ES"?" „Die gibt es auch, Venus. Ihr ganzes Denken und Handeln ist ständig darauf ausgerichtet, damit es ihnen möglichst besser geht. Es gibt zwar immer noch große Unterschiede, doch für die ganz Armen geht es aufwärts."

„Endlich haben sie kapiert, dass sie nicht ständig gegeneinander arbeiten und kämpfen sollen, sondern dass sie nur gemeinsam und miteinander etwas erreichen können." „Das trifft schon zu, liebe Venus, aber eben nur teilweise." „Wieso nur teilweise, „ES"?" „Die treibende Kraft für diese kleinen, guten Veränderungen, schöpfen wenige Reiche aus der Erkenntnis, dass sie aus den vielen armen Venusianern, die keine oder nur ganz wenige Vensteine besitzen, kaum etwas zur eigenen Bereicherung holen können." „Wo nichts ist, kann man auch nichts raffen! Das willst du doch damit ausdrücken, oder „ES"?" „Sehr gut getroffen, Venus. Je mehr von den Vensteinen in möglichst vielen Händen sind, umso mehr können die, die schon viel haben, die schönen leuchtenden Steine in die eigenen Taschen fließen lassen. Möglichkeiten dazu, das zu organisieren, finden sich immer." „Ich gebe zu, besonders gut ist so eine Verteilung der schönen Vensteine nicht. Wenn es dabei meinen Venusianern, und dabei meine ich die vielen Armen unter ihnen, besser geht, kann ich das aushalten." „Du schaffst ja nicht nur mit deiner einladenden Oberfläche die Lebensgrundlagen für deine Venusianer. Für dich hat so eine Entwicklung des ständigen Mehr und Mehr auch ganz erhebliche Nachteile!" „Ach nein?" „Aber ja doch! Hör zu, ich versuche dir das behutsam zu erklären."

Dieses ständige Mehr und Mehr, dieser unersättliche Hunger deiner Venusianer, hat auch seine Schattenseiten. Ganz besonders für dich, und für deine Venusianer natürlich auch. Mit ihrem Verhalten verbrauchen sie immer mehr, als auf deiner Oberfläche nachwachsen kann.

„Immer neue Krisen-Meldungen und eine mediale Informationsüberflutung fördern in der Bevölkerung das Gefühl einer Hilflosigkeit gegenüber Bedrohungen der eigenen Zukunft. Gleichzeitig bleibt die vielfach angekündigte Klimakatastrophe scheinbar aus, weil uns der Klimawandel nur in einem schleichenden Prozess unserer Lebensgrundlagen beraubt. Als Konsequenz konzentrieren sich immer mehr Personen auf ihr individuelles Lebensglück und wenden sich von Gemeinschaftsaufgaben wie dem Klimaschutz ab. Als Gegenmittel müssen abstrakte Begriffe

wie „Klima" mit Leben gefüllt werden. Wer begreift, wie tief persönliches „Glück " vom Klima geprägt ist, gibt dem Wort Klimaschutz einen viel höheren Stellenwert. "

Arne Dunker

„Und wie, meinst du, können sie das ändern, „ES"?" „So, wie es ihnen immer besser geht, wird es deinem Planeten zunehmend schlechter gehen. Um das zu ändern, gibt es eine ganz einfache Lösung. Entweder sie nehmen weniger von dem was du ihnen zur Verfügung stellst, oder sie regeln ihre Geburten so, dass sie nicht ständig mehr werden." „Da wären wir ja bei einem meiner Lieblingsthemen, „ES", dem Machen?" „Das mag ja so sein, liebe Venus, für deine Venusianer ist das ständige „Machen" ein existenzielles Problem. Leben sie so weiter, werden sie das ganz sicher nicht überleben." „Und was geschieht mit mir, „ES"? Muss ich auch sterben?"

„Nein, kleine Venus! Du würdest eine ziemlich lange Zeit schlafen, bis sich deine Oberfläche von den angerichteten Schäden deiner Venusianer erholen kann. Jetzt mach dir erstmal keine Sorgen, soweit ist es ja noch nicht." „Kannst du mir nicht sagen, was mir passieren wird? So unwichtig ist das ja für mich nicht, „ES"?" „Ich komme ganz bestimmt auf das Thema zurück, liebe Venus. Noch ist es nicht zu spät für eine gedeihliche Entwicklung deiner Venusianer. Lass mich noch kurz beschreiben, was sich bis zu deinem Erwachen ereignete." „Also gut, „ES", dann mach mal los!"

In der Zeit deiner geistigen Abwesenheit, hat sich auf deinem Planeten ja noch allerhand ereignet. Wie du weißt, sind die beiden großen Landflächen sehr unterschiedlich, geologisch strukturiert. Auf dem Gebiet, das sich mehr in Richtung Äquator befindet, ist bedingt durch seine Lage, die Temperatur relativ hoch. Wasser, das die Venusianer zum Leben benötigen, ist da sehr knapp. Nicht alle von ihnen leben ja am Ufer der großen Ozeane, deren Wasser zum

92

Trinken gut geeignet ist. Was durchaus selten auf bewohnbaren Planeten vorkommt. Die Pflanzenwelt ist, bedingt durch den Wassermangel im Landesinneren nicht besonders üppig. Dadurch konnte sich die Tierwelt in ihrer Vielfalt nicht so entfalten, wie das wünschenswert gewesen wäre.

Die auf diesem Landesteil lebenden Venusianer haben kein leichtes Leben, und müssen für ihre Lebensgrundlagen, das sind in erster Linie natürlich die täglich benötigten Nahrungsmittel, mühsam arbeiten. Einigen Klugen von deinen Venusianern unter ihnen wird zunehmend klar, dass sie selbst bei intensiver Verbesserung der Bodenstruktur, der Pflanzenvielfalt und der intensiven Bewässerungsanlagen, keine Veränderung des Wachstums für pflanzliche Produkte zu ihren Gunsten schaffen werden. Das wäre dringend notwendig, um eine entsprechend große Tierzucht zur Verbesserung des Nahrungsangebotes zu erreichen.

Der Weg aus diesem Dilemma kann nur darin bestehen, so die einhellige Meinung der Wissenschaftler, dass sie sich umgehend technologischen Themen und Aufgaben zuwenden sollten. Gegebenenfalls schafft das die Grundlagen dafür, mit dem anderen, außerordentlich fruchtbaren Landesteil und deren Bewohnern Verbindung aufzunehmen.

Der Austausch von Waren und Dienstleistungen, zum gegenseitigen Vorteil für alle Beteiligten sollte doch möglich sein. Allen war klar, dass zum derzeitigen Zeitpunkt das alles nur Wunschträume sein können, aber nicht unbedingt auf Dauer so bleiben muss. Jetzt geht es eben nicht!

Sie haben zum Handeln nichts anzubieten. Es langt ja nicht mal für eine ausreichende Versorgung der eigenen Venusianer auf ihrem Landesteil. Elend, Hunger, Krankheiten und Tod waren und sind die üblen Begleiter bei den Venusianern, besonders bei den Armen unter ihnen, die den größten Anteil an der Bevölkerung bilden. Zu diesem Zeitpunkt der Not, kamen einige von den Wissenschaftlern auf völlig ausgefallene Ideen. Um möglicherweise das Problem der Ernährung zu lösen, wollten sie versuchen, durch komplizierte Verfahren den vielen Sand auf der Oberfläche ihres Landes in essbare Stoffe zu verarbeiten.

„Das wollten sie wirklich, „ES"? Wenn das so einfach zu lösen wäre, wären die Tiere in den Sandgebieten schon längst auf so eine Lösung gekommen." „Nein, liebe Venus, das wäre wohl auch äußerst schwierig gewesen. Besser ich sage, das ist unmöglich. Solche skurrilen Gedanken waren eigentlich nur von kurzer Dauer, und diente wohl mehr der lockeren Unterhaltung."

Ein Vorschlag, der in den engeren Kreis ihrer Überlegungen fiel, und heftig diskutiert wurde, war eigentlich ganz einfach. Zwar völlig abartig, aber simpel. Die vorgetragene Meinung resultierte aus der zwanghaften Notlage, und war in der Sache selber scheinbar unkompliziert und relativ zügig und praktisch umsetzbar. Hatte also nicht den Nachteil, in der grauen Theorie stecken zu bleiben.

„Jetzt sag schon, ich platze gleich vor Neugier, „ES"!" „Das Platzen solltest du lieber sein lassen, kleine Venus." „War doch nur ein Scherz, „ES". Also, was haben sich denn einige von meinen Venusianern ausgetüftelt?" „So kann man das auch bezeichnen, ausgetüftelt!" Mit sachlichen und anständigen Überlegungen hatte das jedenfalls nicht viel zu tun, streng betrachtet gar nichts! Ich sehe schon, Venus, ich muss damit anfangen, sonst platzt du wirklich noch.

Bei einer ihrer Zusammenkünfte, ich hatte etwas Zeit um mitzuhören, erläuterte einer von ihren Wissenschaftlern seine geniale Idee. So bezeichnete er sie jedenfalls. Alle männlichen und weiblichen Venusianer, die keinerlei bedeutendes Eigentum besitzen, sollten exakt erfasst werden. Das waren zu dieser Zeit vorwiegend die, die aus der Sklaverei gerade befreit, oder daraus entlassen wurden. Sie hatten sich bereits mit großen Anstrengungen und ihren handwerklichen Fertigkeiten, einen kleinen Broterwerb geschaffen. Sie besaßen, natürlich nicht alle, bereits eine einfache kleine Hütte für ihre Familien, und waren mit den ärmlichen Lebensverhältnissen erstmal zufrieden.

Genau diese große Gruppe von Venusianern sollte erfasst und dokumentiert werden. Wichtige Merkmale dafür sollten sein, das Alter, der Gesundheitszustand und ihre Besitzverhältnisse. Hier im Besonderen, die Anzahl der kleinen leuchtenden Steine. Soweit so gut.

Es gab noch keine konkrete Definition ihres Besitzes, also was, wie viel davon, und vor allem, wie wertvoll war das alles. Nach dieser Erfassung sollte in einem gesonderten Beschluss festgelegt werden, dass die, die nun endgültig in eine bestimmte Gruppe von Venusianern eingeordnet werden, ab einem konkreten Alter, also weit vor ihrem eigentlichen Ableben, aus so genannten Altersgründen zwangsweise eingeschläfert werden, um sie dann in einem aufwendigen Verfahren in verschiedene Arten von Lebensmitteln zu verarbeiten. Soweit der wissenschaftliche Vortrag!

Natürlich war man sich schnell darüber einig, dass diese Nährstoffe aus venusianischen Körperteilen, nicht für die Ernährung der wohlhabenden Venusianer bestimmt sei, sondern für die, die ein Stück unter diesem Niveau angesiedelt waren. Der Vorteil wäre gewesen, dass für die Kaste der Reichen, die wenigen natürlichen Lebensmittel, die man auf dem kargen Landesteil gewinnen könnte, in ausreichender Menge zur Verfügung ständen. Die Diskussion dieses Themas hielt sich in erstaunlicher Weise eine längere Zeit aufrecht, bis sich die Besonnenen unter ihnen durchsetzten. Nicht weil sie anständiger waren, und mit mehr Rücksicht an die armen

Venusianer dachten, sondern weil sie erklären konnten, dass diese Vorgehensweise das eigentliche Problem des Landes mit seiner unaufhaltsam wachsenden Bevölkerung, auf lange Sicht gesehen, nicht grundsätzlich lösen würde. Es musste also ein anderer Weg gefunden werden, um dieses existenzielle Problem von der Wurzel aus zu entwickeln.

„Du bist ganz sicher, „ES", dass du deiner lieben Tochter kein Märchen zum Einschlafen erzählst, noch dazu ein besonders grausames, was eigentlich für mein junges Alter nicht geeignet sein sollte!" „Aber, Venus, wo denkst du hin, so was mache ich nicht! Was ich dir eben erzählte, ist wahr!" „Meine Kinder wollten sich gegenseitig aufessen? Ist es dass, was der so genannte Wissenschaftler in seiner geistigen Umnachtung vorschlug? Denk einfach, ich habe mich verhört, „ES", und die Angelegenheit ist vorbei und vergessen!" „Ist sie nicht! Sein Vorschlag war schon ernst gemeint, ging aber, ob seiner Abartigkeit, bei den meisten Zuhörern völlig unter." „Allein schon so was nur zu denken, „ES", muß bei dem Verfasser geistig einiges fehlen lassen, was eigentlich bei einem gebildeten Venusianer vorhanden sein müsste. Hoffentlich findet dieser Einzelgänger nicht noch mehr Anhänger. Sollte Not und Hunger zunehmen, kommen vielleicht manche von meinen Venusianern auf die verrücktesten Ideen, „ES"!" „Ich möchte dir da nicht widersprechen, Venus. Große Not sucht immer nach Lösungen, auch wenn sie dabei den Verstand mit nutzt.

Eine Begründung für Handlungen, die gegen alles verstößt was man sich überhaupt ausdenken kann, findet sich immer. Sollte es daneben gehen, sind die Schuldigen an dem möglichen Desaster immer die Anderen! Wer sonst sollte es auch sein? Die Urheber von Schandtaten sind es jedenfalls nie! Ich vermute, dass wir von dieser Sorte Venusianer noch so manche schlimmen Dinge hören werden." „Das hoffe ich doch lieber nicht, „ES". Es gibt immer Lösungen für ein schwieriges Problem, wenn möglichst viele auf ihren

Verstand hören, und nicht auf die knurrenden Geräusche ihres Magens." „Stimmt, kleine Venus! So, jetzt aber weiter im Text.

Mineralien zur Herstellung von bestimmten Stoffen, die sie zur Produktion von technischen Geräten und Werkzeugen benötigen, gibt es in ausreichender Menge im Boden des Landes, das ist nicht das Problem. Um die gewaltigen, technischen Veränderungen in Bewegung zu bringen, brauchen sie Männer und Frauen, die über die notwendigen Kenntnisse dafür verfügen, was nicht der Fall war. In gebührender Einsicht dieses offensichtlichen Mangels, erkannten die reichen Venusianer, dass der große Besitz von leuchtenden Vensteinen sicherlich ein angenehmes Gefühl in ihrem Körper erzeugen kann, aber die Probleme des Landes auf Dauer nicht lösen wird.

Mit großem Aufwand begannen sie zügig eine funktionierende, zentrale Verwaltung für alle Erfordernisse der Venusianer und des Landes aufzubauen. Kein besonders leichtes Unterfangen, aber es gelang ihnen in einer erstaunlich kurzen Zeit. Parallel dazu wurden Einrichtungen geschaffen, die in erster Linie den jungen Venusianern ein gewisses Maß an Wissen vermitteln sollten. Beides, also die zentrale Verwaltung und die umfassende Einrichtung eines Bildungssystems sorgten dafür, dass im ganzen Land ein spürbarer Fortschritt sichtbar wurde.

Einige Zeit später nahmen zwei Forschungsgruppen ihre Arbeit auf. Eine von beiden sollte sich umgehend bemühen, die Ernährung aller Venusianer, gleich wo sie wohnen würden, langfristig zu organisieren, und der anderen wurde die zügige Entwicklung einer industriellen Produktion übertragen. Sich dieser gewaltigen Herausforderung bewusst, begannen sie mit großem Elan die gesamte Bevölkerung dafür zu begeistern, und für die Mitarbeit zu gewinnen. Das Wort „Sklave" verschwand völlig aus dem Sprachschatz und aus dem täglichen Lebensbild der Venusianer. Und auch so spürten alle eine gewisse Gerechtigkeit, die sich breit machte. Natürlich waren nicht alle gleichgestellt, aber die Unterschiede waren nicht mehr so offensichtlich.

„Verständlich „ES"! Not schweißt zusammen! Hast du jedenfalls mal zu mir gesagt." „Stimmt ja auch, Venus. Wir werden ja erleben, wie lange das anhalten wird!" „Sag mal, „ES", weißt du etwa schon, wie das mit meinen kleinen Venusianern möglicherweise ausgehen könnte? Bitte, mauschle nicht, ja „ES"!" „Nein, liebe kleine Venus, ich weiß es wirklich nicht so genau." „Jetzt zu diesem Zeitpunkt genau vorher zu sagen, wie die Entwicklung der Venusianer verlaufen wird, also möglicherweise friedlich und in Liebe, oder eben nicht so, und sie vernichten sich vielleicht gegenseitig, ist sehr schwer zu sagen. Wir müssen sie noch eine ganze Weile rackern lassen, dann lässt sich das vielleicht feststellen." „Also gut, dann erzähl halt bitte weiter."

Nach und nach gelingt es ihnen zunehmend, sich mit den Venusianern auf der anderen Landfläche in Verbindung zu setzen. Die Folge dieser Kontakte sind beginnende Handelsbeziehungen, und die Einrichtung von gegenseitigen Industriestandorten.

Das Tauschen mit den leuchtenden Vensteinen ist kein Hindernis, und wird von den Venusianern auf dem anderen Landesteil ohne Probleme akzeptiert und übernommen. Im Laufe der folgenden Entwicklung wird es als generelles Äquivalent für alle zu leistenden Zahlungen für beide Landesteile eingeführt.

Trotz des scheinbar friedlichen Umgangs der Venusianer untereinander, denken die Verantwortlichen der beiden Landesteile nur an ihren eigenen Vorteil. Wem mag es wundern! Der eine Landesteil, in der Nähe des Äquators hat viele Venusianer, aber sehr wenig zum Essen. Dafür eine Menge Rohstoffe für die Herstellung aller möglichen Güter. Der andere Landesteil mit sehr angenehmen

Temperaturen hat auch sehr viele Venusianer, kann sie allerdings ausreichend mit Essbarem versorgen. Dafür fehlen ihnen Rohstoffe, vor allem zur Energiegewinnung, von dem die Sandwüstlinge, so nennen sie die anderen inoffiziell, genügend haben.

Es gäbe in der Tat wichtige Gründe, friedlich miteinander das zu nutzen, was die Natur bietet. Aber nein! Jeder will immer alles haben, und nicht teilen. Das führt dann eben zu Entwicklungen, die weniger angenehm für alle sind.

Die sich ändernden Arbeits- und Lebensbedingungen, schaffen ein neues Problem auf dem Landesteil der Sandwüstlinge. Fortwährend fallen in zunehmender Menge Abfälle an, wie man sie bisher so nicht kannte. Die Möglichkeiten, diese Stoffe wieder für andere Produkte zu gewinnen, hielten sich in engen Grenzen. Zunehmend wurde der geringe Bodenanteil für die Herstellung von pflanzlichen Lebensmitteln, und die Trinkwasservorräte im Boden mit Giftstoffen belastet, die bei den Venusianern, besonders bei den Kindern und Älteren von ihnen zu schweren Krankheiten und zum frühen Tod führten.

„Ich verstehe das nicht, „ES". Wieso sind auf meiner Oberfläche Stoffe, die ich eigentlich so gar nicht habe?" „Das liegt daran, Venus, dass deine Venusianer, allen voran bestimmte Wissenschaftler, natürlich nicht alle von ihnen, mit Sachen experimentieren, bei denen die Vernunft ihnen eigentlich sagen müsste, lasst das bitte!" „Ja gut, „ES", warum halten sie dann davon nicht ab?" „Gute Frage, liebe Venus. Weil sie Rohstoffe für die Herstellung von technischen Gütern und Gebrauchsartikeln für die Verbesserung ihres täglichen Lebens gewinnen wollen, die es so auf deinem Planeten nicht gibt." „Dann sollen sie halt nur das nehmen, was ich habe! „Machen sie ja auch, aber eben nicht nur!" „Na also, geht doch!" „Geht eben nicht! Weil es sonst an allen Ecken und Enden fehlt. Wenn sie immer mehr haben wollen, und es ihnen besser gehen soll, brauchen sie natürlich auch mehr von den Stoffen, aus dem das „Mehr" gewonnen wird. So einfach ist das. Du erinnerst dich bestimmt an unsere Gespräche über die Habsucht, die Gier und das ewige Jammern vom wachsenden Wohlstand, den man so gern haben möchte." „Meine lieben Venusianer sollten mehr auf ihren Planeten achten. Ich bin mit dem was ich habe sehr zufrieden." „Jetzt wieder ernstlich!" „Danke „ES", ich weiß und fühle das auch."

Einigen Wissenschaftlern auf deinem Planeten wird zunehmend bewusst, dass die Zeit absehbar ist, in der ihre Existenz mehr als gefährdet sein wird. Die Natur des Planeten würde sich derart zu ihren Ungunsten verändern, dass mit einem Kollabieren der Atmosphäre gerechnet werden muss. Ganz so schnell wird das nicht eintreten, aber bestimmte Teile auf der Oberfläche könnten für die Venusianer auf lange Zeit unbewohnbar werden." „Was du sagst, „ES", also die drastische Veränderung auf einigen Gebieten meiner Außenhaut, ist mir bis jetzt noch nicht aufgefallen." „Das liegt daran, Venus, dass diese schädliche Beeinflussung derzeit noch nicht so groß ist, um für dich spürbar zu werden. Es wird nicht mehr lange dauern, dann wirst du die ersten Symptome schmerzhaft spüren."

„Jetzt mach mir bitte keine Angst, „ES". Kannst du die Entwicklung meiner Venusianer geistig nicht so beeinflussen, dass sie mich nicht verletzen. Ich will und kann Schmerzen nicht ausstehen, und ertragen gleich gar nicht!" „In nächster Zeit werde ich mit meiner Freundin Cosyma darüber reden. Ich hoffe, sie weiß einen vernünftigen Rat. Jetzt erstmal weiter mit der Geschichte deiner Venusianer." „Wir waren bei den wachsenden Problemen der Abfallbeseitigung stehen geblieben, und deren schädliche Folgen für die Umwelt und für deine venusianischen Geschöpfe. Besonders für die auf dem Landesteil, der sowieso schon sehr warme Temperaturen zu ertragen hat, werden die weiter ansteigenden Hitzegrade für die dort lebenden Venusianer unerträglich werden. Ein möglicher Ausweg aus dem Dilemma zeichnete sich durch eine kühne Idee einer Gruppe von Wissenschaftlern ab. Das Wasser der Ozeane ist ja generell für die Venusianer trinkbar, und die Vielfalt der Pflanzen- und Tierwelt unter Wasser und auf dem Grund, versprechen Rettung in dieser lebensbedrohenden Situation. Das Problem für deine Venusianer ist die Luft, die sie zum Atmen benötigen. Sie können nicht so wie die Tiere im Wasser leben.

Also begannen die Wissenschaftler zu experimentieren. Mit bestimmten Lebensbausteinen der Atmungsorgane der Venusianer und Bausteinen von bestimmten Tieren im Wasser, bemühten sie sich eine Lösung dafür zu finden, damit die Venusianer wie die Tiere im Wasser leben können. Heraus kam, bei all den Experimenten ein Geschöpf, das sowohl für eine bestimmte Zeit im Wasser, und eine etwa gleich lange Zeit auf dem Land leben kann.

Um das zu ermöglichen, wurden bestimmte Organe in seinem Körper so verändert, dass sie für beide Lebensformen den notwendigen Sauerstoff ihrem Körper zuführen konnten. Trotz dieser erheblichen Veränderung im Inneren ihres Körpers, besaßen sie nach wie vor ihre ursprüngliche Gestalt. Auch andere Körperfunktionen wurden davon nicht zu ihrem Schaden beeinflusst oder verändert. Ihre Außenhaut wurde so genetisch angepasst, damit ein schnelles und kraftsparendes Gleiten im Wasser möglich ist, und die Körpertemperatur sich durch den längeren Aufenthalt im Wasser nicht zu schnell abkühlt. Nach dem erfolgreichen genetischen Eingriff, begannen sie sofort mit dem Bau von komplexen Wohnanlagen, die zwar unter Wasser, aber in der Nähe der Küste angelegt wurden. Ganze Produktionsstätten und Verwaltungseinrichtungen wurden unter die Wasseroberfläche verlagert. Übrig blieben nur Fabriken, die vorwiegend mit gefährlichen Stoffen arbeiteten, oder Produktionsanlagen, die eine Menge Abfälle entsorgen müssen. Großräumige, absperrbare Unterwassergehege zur Züchtung von essbaren Wassertieren, und eine Bodenaufbereitung riesiger Unterwasserflächen zum Anbau von verwertbaren Algen, folgten unmittelbar darauf. Viele Venusianer, die nicht mehr in das Programm der Umwandlung aufgenommen werden konnten, mussten elendlich mit dem Hungertod um das tägliche Überleben kämpfen, oder verloren in den gefährlich ansteigenden Temperaturen ihr Leben. Ein kleinerer Teil der Bevölkerung auf dem trockenen sandigen Landesteil, konnte sich schließlich in die Wohnanlagen unter Wasser retten, und ein neues Leben beginnen.

Auch das gemeinsame Wohnen im Wasser verlief nicht ohne Einschnitte für das tägliche Leben. Streng wurde darauf geachtet, dass wenigsten die Kinder, die bereits von Geburt an die Fähigkeit besaßen, sowohl auf dem Land als auch im Wasser zu leben, nicht zu tode kamen. Sie sollten ja die Grundlage für das Bestehen ihrer Art sein. Alles in allem, ein gewagtes Experiment, mit Aussicht auf eine vom Erfolg getragenen Entwicklung. Die Rechnung der Wissenschaftler war so eigentlich nicht schlecht, aber eben wie so oft, nicht zu Ende gedacht. Und somit musste der Ausgang dieses durchaus gewagten Experimentes zumindest mit einem Fragezeichen versehen werden.

„Wie meinst du das, „ES"?" „Die Ursache, und das tragische Übel für die Flucht ins Wasser, waren letzlich die steigenden Temperaturen in der Lufthülle deines Planeten. Das haben sie mit den veränderten Lebensbedingungen hin in Richtung Wasser, nicht gelöst. Nach wie vor wurde der von geschaffenen technischen Veränderungen rasant anwachsende Verbrauch von Naturstoffen, die Herstellung künstlicher Produkte und der ständig wachsende Energiebedarf nicht so eingeschränkt, dass damit der Weg der Genügsamkeit beschritten werden konnte. Mit der Folge, dass deinem Planeten nicht die Zeit gegeben wurde, sich vom ungebrochenen Raubbau durch deine Venusianer zu erholen." „Was bedeutet das ganz konkret für mich, „ES"?" „Das lässt sich leicht sagen. So schwer ist das nicht zu erkennen und zu verstehen. Lass dir das weiter erzählen."

Das Leben im Wasser

Die Temperaturen werden ganz sicher weiter ansteigen, was letztlich dazu führen wird, dass auch die Wassertemperatur der Ozeane weiter in die Höhe klettern wird. Mit der Folge, dass die Existenz für die vielen Wassertiere langfristig betrachtet, zwangsweise zu Ende geht. Der Sauerstoffgehalt, der im Wasser gebunden ist, wird mit steigender Wassertemperatur abnehmen, und zum Leben für die Tierwelt unter Wasser nicht mehr ausreichend vorhanden sein. Gleiches gilt natürlich auch für deine Venusianer. Sie werden das gleiche Schicksal erleiden und sterben müssen. Trotz ihres kühnen Vorhabens wird ihnen, im wahrsten Sinne des Wortes, die Luft ausgehen. Die Möglichkeit ihr Leben auf dem Land weiter zu führen, wird ihnen wegen der hohen Temperaturen nicht möglich sein.

Die Nahrungsgrundlage wird ihnen im Wasser nicht mehr zur Verfügung stehen, das lässt sich jetzt schon mit Sicherheit sagen. Allenfalls können sie vielleicht diesen Prozess verzögern. Wirklich helfen wird ihnen das bemerkenswerte Vorhaben nicht. Am Ende wird der Tod stehen, das ist sicher. Ob sie auf dem Land leben oder im Wasser, wird daran nichts ändern. Ihr Weg in die Ozeane verzögert nur das Ende, mehr aber auch nicht. Dabei ist der Lösungsansatz zum relativ ungestörten Leben auf deinem Planeten so einfach. Wir beide haben ja schon mehrmals darüber gesprochen. Eine vernünftige Geburtenregelung, und etwas mehr Genügsamkeit im Verbrauch, und schon wären die übelsten Ursachen für die massive Bedrohung ihrer Existenz behoben. Keine Sorge, kleine Venus, die Temperatur auf deiner Oberfläche wird sich auf lange Sicht gesehen wieder abkühlen. Erleben werden deine Kinder diese Zeit vermutlich nicht mehr. Für dich wird das bestimmt ein trauriger Prozess werden, ich kann das nachfühlen, Venus. Du wirst noch eine sehr lange Zeit das Leben genießen können, und wer weiß, vielleicht wachsen wieder Venusianer heran die, so wollen wir doch hoffen, sich nicht so sehr von der Gier nach immer Mehr verleiten lassen.

„Das ist ja schrecklich, „ES". Woher weißt du das alles?" „Ich habe dir bei dem einen oder anderem Gespräch gesagt, dass sich solche Abläufe, wie hier bei dir, auf bestimmten Planeten wiederholen. Manchmal mehr oder weniger krass, als auf deinem Planeten, das Ende ist immer gleich grausam." „Sag mal, „ES", so dumm können doch meine Venusianer nicht sein? Das stimmt schon, Venus! Dumm sind sie ganz bestimmt nicht. Aber im hohen Maße uneinsichtig und leider, jedenfalls in ihrer Mehrheit sehr, sehr gierig.

Das Wort Vernunft haben sie samt seinem geistigen Inhalt aus ihrem Gedächtnis gestrichen und zwar vollständig, leider! Sie können einfach ihren Hals nicht voll bekommen, obwohl sie eigentlich keinen richtigen Hunger mehr haben. So ist das! Und wenn ich dir sage, wie das bei dir voraussichtlich ausgehen wird, dann deshalb, weil ich solche Entwicklungen immer wieder auf einigen Planeten erleben muss. „Du bist sicher, „ES", dass meine Venusianer das nicht überleben werden? Ich frage das nur noch mal, weil mich das alles sehr, sehr traurig macht." „Ja, Venus! Obwohl, ganz sicher ist es noch nicht. Es wird noch eine gewisse Zeit dauern, bis das Ende der Venusianer zu erkennen sein wird."

„Furchtbar, „ES"! Trifft das auch auf meine Venusianer auf dem anderen Landesteil zu? Bei ihnen ist es doch deutlich kühler. Ich spüre das!" „Gut, dass du mich danach fragst. Lass dir erzählen, was die Bewohner dieses Landesteiles alles auf die Beine stellen und schon unternommen haben, um ihre Existenz zu sichern und ihre Lebensbedingungen zu verbessern."

Außer, dass sie mit den Venusianern des anderen Landesteiles eifrig und zielstrebig wirtschaftliche Beziehungen pflegen, um ihre technischen Defizite an Maschinen und Fabrikanlagen auszugleichen, geht es ihnen ansonsten relativ gut. Ich meine damit, dass sie keinen Hunger leiden müssen. Du weißt ja bereits, dass sie ausreichend zu Essen haben. Mit Lebensmitteln kann man allerdings keinen Krieg führen, und den haben sie ganz konkret im Sinn.

„Warum, und gegen wen wollen sie kämpfen, „ES"?" „Überleg doch mal, Venus! Na besser, ich erzähl dir ein passendes Beispiel." „Ja gut, „ES", aber mach es nicht so kompliziert."

Stell dir vor, du wärest einer deiner Venusianer mit seiner Familie, lebst auf dem Landesteil mit seinen angenehmen Temperaturen und du bist rundum zufrieden. Du besitzt einen relativ großen Garten, und kannst mit dem was dort wächst, bequem deine wachsende Familie versorgen. So weit so gut.

So ganz nebenbei beobachtest du deinen Nachbarn, wie er auf seinem Grundstück, das auf dem Landgebiet mit den sehr warmen Temperaturen liegt, im zunehmenden Maße Maschinen und moderne technische Hilfsmittel für seine Arbeit benutzt. Er hat allerdings ein anderes Problem. Trotz seines Einsatzes moderner Landtechnik sind seine Erträge wegen der schlechten Bodenverhältnisse eher mager. Du, mit deinen fruchtbaren Gartenflächen interessierst dich allerdings mehr für seine Maschinen, und nicht für das, was und wie viel er erntet.

Langsam schleicht sich ein scheinbar unauffälliges, geistiges Persönchen mit dem Namen Neid in dein Denkzentrum, und verschafft sich mehr und mehr Platz. Zunehmend fällt es dir immer schwerer, an deine Familie zu denken, oder an andere schöne Dinge des Lebens. Dieser zähe Geist bohrt sich immer heftiger in deine Gedanken, verdrängt andere geistige Vorstellungen und die Überlegungen kreisen nur noch um ein Thema: „Wie komme ich an die Sachen, die mein Nachbar hat heran?" Das möglichst schnell, und ohne dass ich dafür etwas Besonderes leisten, oder hergeben muss?

Mit steigendem Unmut stellst du allerdings fest, dass die Möglichkeiten, solche Geräte selbst zu bauen, mangels Rohstoffe praktisch nicht umsetzbar sein werden. Und noch schlimmer trifft dich die Erkenntnis, dass dein Nachbar nicht nur die Technik beherrscht, sondern auch die Rohstoffe, in scheinbar großer Menge zur Verfügung hat. Ganz besonders ärgerlich für dich ist, dass du ihm diese Maschinen und Anlagen für viele leuchtende Vensteine abkaufen müsstest. So du sie haben willst. Möglicherweise kannst du auch Früchte aus deinem Garten dafür liefern, damit dein Nachbar nicht verhungern muß.

So ganz unproblematisch ist das für deinen riesigen Garten auch nicht, weil du immer mehr Baumgebiete beseitigen musst, um mehr Platz für deine Nutzpflanzen zu kriegen. Wirklich sehr schwierig! Viele Pflanzen und Tiere gehen dabei verloren, und schädigen damit, auf lange Sicht gesehen, den Kreislauf und den biologischen Haushalt deines Grundstückes. Der Zeitpunkt, an dem die wilde Abholzerei deiner Wälder nicht mehr möglich sein wird, ist absehbar weil keine Bäume mehr da sein werden. Also, denkst du, was kann ich da machen, um das Problem möglicherweise zu meinen Gunsten zu lösen, ohne dass ich mich recht anstrengen muss. Und schon schleichen sich langsam, aber konsequent, wie von Geisterhand geweckt, die grausigen Gedanken einer echt schlimmen Bestie in dein Bewusstsein - „Krieg"! Sofort überlegst du, wie sollte das bei der intensiven geistigen Beeinflussung dieses skrupellosen Geistes auch anders sein, wie die richtige Lösung für dich gefunden werden könnte.

Haben dich solche Gedanken erstmal so richtig gepackt, siehst du deinen Nachbarn eigentlich nur noch als ein lästiges Übel für dich, das beseitigt werden muss. In Wirklichkeit meinen deine Gedanken nicht die körperliche Gestalt deines Nachbarn, sondern das was er alles hat, und du gerne haben möchtest. Angenommen, er wäre völlig mittellos, und zu nichts zu gebrauchen, du würdest nicht mal einen winzigen Gedanken an ihn verschwenden, oder ihn auf irgendeine Art und Weise wahrnehmen wollen. Für einige Venusianer, jedenfalls ist das oft zu beobachten, existiert in ihrem Blickfeld keine Armut oder Gebrechlichkeit. Ihre Sehorgane, und die zugeschalteten Gedanken erkennen nur die Äußerlichkeiten von materiellem Wohlstand und Besitz. Nicht zu vergessen, die scheinbar schöpferische Aura von Macht. Verständlicherweise! Wie sollten sich sonst solche Charaktereigenschaften wie Neid, Raffsucht und Gier entfalten können. Streng nach den Grundsätzen der Vernunft beurteilt, müsste das so nicht verlaufen. Aber die Verlockung, es trotz allem zu tun, ist eben für manche Venusianer sehr verführerisch.

„Jetzt aber Schluss mit dem Thema, das haben wir ja schon bei anderen Gelegenheiten miteinander ausführlich besprochen!" „Ganz ehrlich, „ES", wenn ich so denken müsste, würde ich mich lieber in die Sonne stürzen, als das ertragen zu müssen. Das ist ja echt widerlich! Und so was nennt sich denkendes körperliches Lebewesen der höheren geistigen Ordnung, na danke! Als Planet habe ich's wirklich nicht so einfach!" „Lass dich trösten, Venus, alle deine Venusianer denken nicht so und lassen sich nicht von jeder üblen Sache anmachen. So, jetzt weiter mit der Entwicklung auf dem fruchtbaren Landesteil deines Planeten!

Einige Wissenschaftler stellten mit Erstaunen fest, dass die Bewohner des anderen Landesteiles zunehmend von der Oberfläche verschwinden, und in den Ozeanen zu finden wären. Schnell wird eine Forschungsgruppe gebildet, die dieses Verhalten aufklären soll. Am Anfang gingen sie davon aus, dass diese Venusianer, angesichts des Nahrungsmangels, den gemeinsamen Tod in den Ozeanen suchen würden. So eine gewisse Art von gewolltem Massensterben. Bei genauerem Nachforschen wurde schnell klar, dass sie im Wasser leben können, so wie die Wassertiere auch.

Das war völlig ungewöhnlich, und im höchsten Maße interessant, um die sofortige Aufmerksamkeit der eingesetzten Forschungsgruppe zu mobilisieren. Es sollten umgehend wesentliche Fragen geklärt werden: „Was" suchen sie in den Ozeanen, und „Warum" tun sie das? Das „Warum" war schnell geklärt. Der ständige Mangel an Lebensmitteln, und die steigende Nachfrage nach Essbarem, das nicht in der erforderlichen Menge herangeschafft und produziert werden konnte, um die Nachfrage zu decken, führte bei diesen Bewohnern zu einer krassen Hungersnot mit entsetzlichen Folgen, besonders für die Kinder und Kranken unter ihnen. Vermutlich haben sie in ihrer Not keinen anderen Ausweg gesehen, als ihr Heil im Wasser zu suchen, wo sie vermutlich noch genügend Tiere und Pflanzen für die benötigten Nahrungsmittel vorfinden werden.

Das allerdings war nur eine Seite von bestimmten Überlegungen der Wissenschaftler. Die anderen Gedanken galten der Frage nach dem „Was" suchen sie dort? Natürlich gab es verschiedene Betrachtungen dazu. Eine davon blieb in ihren Köpfen haften wie ein Tier, das sich auf der Haut eines anderen Tieres festsaugen kann.

Einer der Wissenschaftler brachte es auf den Punkt. Sie entziehen sich unserem Blickfeld, um irgendetwas gegen uns vorzubereiten. So, oder so ähnlich brachte er seine Gedanken zum Ausdruck, die sehr schnell auf hellhörige Ohren stießen. Dass das keine sehr friedliche Angelegenheit sein kann, war allen schnell bewusst. Wenn dem nicht so wäre, bräuchten sie sich ja im Wasser der Ozeane nicht verstecken. Jedenfalls sahen das die Wissenschaftler so. Die Not der Venusianer, die vor der Wahl standen entweder zu verhungern, oder sich genetisch so zu verändern, um im Wasser überleben zu können, kam für solche Betrachtungen nicht zur Sprache. Und was sich die Herrscher dieser Sandwüstlinge alles für gierige Gedanken machten, um sich über die Bewohner des anderen Landesteiles herzumachen, na woher sollten sie das alles wissen.

Wenn also relativ sicher war, dass die Überlegungen zutreffen würden, heißt das in letzter Konsequenz, so dass logische Fazit, dass sie in einer bestimmten Weise sich unrechtmäßig bereichern wollen, also ihre Ideen dafür auch praktisch verwirklichen könnten. Der Plan dieser Strategen bestand darin, mit geeigneten Waffen, und sehr, sehr vielen Soldaten, die ausnahmslos alle unter Wasser leben können, sich für einen Angriff auf den anderen, vom Wohlstand gesegneten Landesteil, vorzubereiten.

„Willst du damit sagen, dass sie Krieg gegen ihre friedlichen Nachbarn führen wollten? Meinst du das ernstlich, „ES"?" „Das ist sogar bitter ernst. Ich weiß ja schon, was in der Zeit deines Schlafens geschehen ist!" „Die wollen sich gegenseitig abschlachten, nur damit sich eine kleine Gruppe von Venusianern bereichern kann, während ihre Lebensgrundlage, drauf und dran ist die Voraussetzung für ihr weiteres Leben auf der Oberfläche zu verlieren? Ich darf doch mal lachen, „ES"!" „Du weißt ja, was dann mit deiner hübschen Kuller passieren kann, wenn du mal lossprudelst." „Ach ja, hätte ich beinahe vergessen. Also gut, dann lach ich halt leise in mich hinein." „Jetzt ärgere dich nicht, es ist so, oder besser, es war so. Das was noch kommen wird, ist wesentlich schlimmer."

„Kannst du mir zufällig etwas Heiteres erzählen, lieber „ES", ich frage ja nur mal so?" „Nein, meine liebe Venus, leider nicht! Ich würde ja gern, aber ich habe dir nur sehr traurige Ereignisse zu berichten. Deine Venusianer scheinen das Fröhlichsein verlernt zu haben.

„Ich erzähl dir weiter was geschah, dann weißt du was sich alles noch so auf deinem Planeten abspielte. Wir waren bei den Angriffsvorbereitungen der Venusianer vom sandigen Landesteil stehengeblieben."

Ohne Unterbrechung werden von den Wasserbewohnern alle Maßnahmen unternommen, um die Produktion von Waffen massiv zu beschleunigen. Sie müssen logischerweise davon ausgehen, dass die Gegenseite von ihrem Plan Kenntnis erhält, und entsprechende Gegenmaßnahmen einplant. Also, Eile war geboten!

Der Zeitpunkt des Überfalls war also eminent wichtig. Je eher sie losschlagen könnten, umso größer sind ja die Aussichten auf einen vollständigen Sieg. So denken sie jedenfalls. Die Strategie bestand darin, mit einer großen Anzahl von bewaffneten Kämpfern, die mit Fahrzeugen die sich sowohl unter Wasser als auch auf dem Wasser bewegen können, so unauffällig wie möglich, und so schnell wie machbar, in die Nähe der gegnerischen Küste zu gelangen. Im Schutze der Dunkelheit sollten dann die massiven und gut bewaffneten Einheiten am gegnerischen Ufer landen, und sofort ins Innere des Landes vorstoßen. Dabei sollten sie ohne Rücksicht zu nehmen, auf alles was ihnen auf zwei Beinen entgegen kommt, niedermachen, egal wie. Hauptsache sie sind für den Rest ihres Lebens erledigt. Die komplette Vereinnahmung der wirtschaftlichen und industriellen Schaltstellen sollte unmittelbar darauf erfolgen, um das Land vollständig in den Griff zu bekommen und sie sofort mit eigenen Fachleuten zu besetzen.

Ein Problem für die eigenen Leute war die Atmung. Jeder von ihnen musste nach einer bestimmten Zeit des Landlebens wieder ins Wasser, damit die entsprechenden Körperfunktionen keinen bleibenden Schaden nehmen würden. Damit sie nicht ständig ans Ufer des Ozeans gebracht werden müssen, um sich im Wasser zu regenieren, sollten geeignete Binnengewässer gesucht werden, und so keine vorhanden wären, sofort welche anzulegen sind. Eine nochmalige genetische Umwandlung für einen ausgesuchten Personenkreis von ihnen, hin zur reinen Lungenatmung auf dem Land, sollte vorbereitet werden.

„Entschuldige bitte, "ES", dass ich dich unterbreche, da haben doch einige Führungsleute von den Wasserbewohnern, ich meine die das alles planen und lenken, nicht mehr alle Flossen an ihren Füssen? Entschuldige, ich meine, dass ihnen etwas fehlt, was jeder Venusianer so braucht, um zu denken!?" „Gier, Habsucht und Machtbesessenheit lässt dem Verstand keinen Raum, Venus. Es macht blind für alles, was eigentlich offensichtlich falsch ist." „Und was haben jetzt meine Venusianer von dem Landesteil unternommen, die, wie du sagst, bereits ahnen können, was auf sie zukommen wird?"

Um so einen Krieg vorzubereiten, muß die Industrie gewaltige Anstrengungen unternehmen, um all die benötigten Waffen und Ausrüstungsgüter schnellstens zu produzieren. Eine große Anzahl von männlichen Venusianern mussten ausgebildet werden. Unmengen von Lebensmitteln, zur Versorgung der Soldaten sind bei so einem Feldzug nötig, damit sie nicht bereits verhungert sind, bevor sie losschlagen sollen. Also stieg die Nachfrage nach bestimmten Gütern bei den Venusianern des anderen Landesteiles sprunghaft an.

Das bleibt, selbst für einen der nicht sehen kann, und nur mittelmäßig denkt, nicht unbemerkt. Wissenschaftler, Techniker und Militärstrategen wurden umgehend in einer Kommission zur Rettung des Landes zusammengefasst, um alle erforderlichen Abwehrmaßnahmen auszuarbeiten. Die Vollmachten bekamen sie ohne bürokratische Verzögerung.

Der erste Plan sah vor, am Ufer des ganzen Landes eine massive hohe Mauer zu bauen, um ein Eindringen der gegnerischen Armee mit seinen Massen von Soldaten zu verhindern. Sollte es kleinen Einheiten gelingen durchzubrechen, würde man mit ihnen schon fertig werden. So die Überlegungen der Experten. So betrachtet, eine einfache, aber recht humane Abwehr, wenn man bedenkt, was die Gegenseite so vorhatte.

Bestimmten einflussreichen Venusianern war das alles zu simpel. Außerdem, wo bleibt bei dem ganzen Aufwand ein entsprechender Nutzen, den man ja haben möchte. Dem Gegner wurde ja schließlich nur das Eindringen verwehrt. Deshalb ist er ja noch lange nicht besiegt, und ohne einen klaren Sieg kann man nichts einfordern. Wie sollte so was praktisch umsetzbar sein? Und so meinten sie einhellig, der Gegner hat ja eine Menge zum Einkassieren. Allein die riesigen Rohstoffvorkommen auf seinem Landesteil, und nicht zuletzt die vielen leuchtenden Vensteine. Das alles sollte man sich doch nicht einfach so entgehen lassen. Wenn schon ein Krieg sein muss, dann ein richtiger Krieg, der möglichst auch was einbringt.

Trotz aller Bemühungen der Beteiligten in der Kommission, so richtig vorwärts wollte es mit der Planungsvorbereitung nicht klappen. Alle vorgebrachten strategischen Ideen dauerten in ihrer Umsetzung zu lang, oder waren einfach nicht so wirksam genug, wie es notwendig wäre. Das änderte sich schlagartig, als eine kleine Gruppe von Wissenschaftlern zur Beratung hinzugezogen wurde, die an geheimen Projekten arbeiteten.

Der Vorschlag, der aus dieser Gruppe präsentiert wurde, war ungeheuerlich. Es sei ihnen gelungen, mit den Kräften der Sonne zu arbeiten, und in diesem Zusammenhang haben sie einen Sprengstoff entwickeln können, der alles was man bisher kannte in den Schatten stellen würde. Mit Hilfe von so genannten Raketen, wollten sie gleich den gewaltigen Eruptionen auf der Sonne, dieses Feuer auf das Festland mit seinen Wasserbewohnern transportieren, was dort zu verheerender Zerstörung führen würde. Diesen Angriff würde kein Venusianer überleben, ganz gleich wie tief er sich in der Erde verbuddelt, oder einmauert. Die Tier- und Pflanzenwelt wäre natürlich auch komplett ausgelöscht. Für die, die sich in den Tiefen des Ozeans aufhalten, gäbe es ebenfalls keine Rettung. Für diese große Gruppe von Venusianern beabsichtigten sie, mit dem Einsatz der Sonnenkraft, das Wasser bis zu einer Tiefe von tausend Metern zum Kochen zu bringen. Die Chance, das zu überleben wäre ganz sicher so klein wie Null. Das Festland würde Stück für Stück in den Fluten des Ozeans verschwinden.

„Halt, „ES"! Jetzt mal langsam. Nicht nur dass sie sich gegenseitig umbringen wollen, zerstören sie mit der praktischen Realisierung ihrer sadistischen Pläne meine schöne Oberfläche mit allem was darauf wächst und lebt. Na, da hört sich ja alles auf. Das kann ich nicht zulassen, „ES"! So wie ich das überprüfen kann, ist ihnen das noch nicht gelungen. Noch ist bei mir alles wie vorher." „Schon, Venus, die Entscheidung gegen dieses Projekt war knapp auf Kante. Das komplette Versenken des trockenen, sandigen Landesteiles wurde vollständig gestrichen, aber nicht aus Rücksicht auf seine Bewohner, sondern weil die ganzen Bodenschätze, die man natürlich selbst gern zu Tage fördern möchte, damit auch für immer im Wasser verschwinden würden. Bestimmte Kreise der Venusianer auf dem reichen Festland wollten das aus verständlichen Gründen vermeiden." „Haben sie dann wohl auch, oder „ES"? „Ja, aber nur teilweise!"

Der Ausgangsplan, der die vollständige Vernichtung aller Venusianer auf dem heißen Landesteil vorsah, wurde aufgegeben. Anstelle dafür bildeten sie zwei spezielle Arbeitsgruppen, um entsprechende Varianten zu prüfen, die weniger Schaden anrichten, und einen entsprechend großen Nutzen bringen könnte. Eine von beiden sollte sich mit der effizienten Vernichtung der Venusianer beschäftigen, ohne das dabei die Ressourcen des Landes beschädigt werden, und die andere Gruppe sollte sich bemühen mit weitreichenden Raketen einen anderen Planeten zu finden, der in der Nähe ihres eigenen ist. Dabei sollten sie untersuchen, inwieweit optimale Lebensverhältnisse bestehen, die für einen längeren Aufenthalt geeignet sein könnten.

„Sag mal, diese verrückten Wissenschaftler wollten allen ernstes zu einem anderen bewohnbaren Planeten fliegen? Wenn ich dürfte, würde ich mal kräftig lachen." „So witzig wie das klingen mag, genau das hatten sie vor. Und wie du gleich hören wirst, haben sie es auch erreicht." „Ach nein!" „Doch, haben sie!" „Wie haben sie das angestellt, und wohin sollte ihre Raketenreise gehen?"

Wie du weißt, lebt in deiner unmittelbaren Nähe der Planet Merkur. Er umkreist mit einem sehr knappen Abstand die Sonne, und ist dadurch den heißen Sonnenstrahlen sehr stark ausgesetzt. Seine Oberflächentemperatur ist tagsüber extrem heiß, und nachts ist es bitter kalt." „Vielleicht mag er die Wärme, „ES". Und nachts, wenn es schön kalt ist, kann er besser schlafen und sich langsam wieder abkühlen. Das ist doch auch ein schönes Wechselbad für seine Gefühlswelt. Natürlich auch für seine Oberfläche." „Aus seiner Sichtweise mag das ja zutreffen, denkende Lebewesen, also zum Beispiel deine Venusianer, müssen da andere Überlegungen anstellen. Für sie ist es völlig unmöglich, dass sich unter solchen krassen Umweltverhältnissen Lebensmöglichkeiten entfalten werden. Jedenfalls können deine Venusianer bei solch heißen Temperaturen am Tag, und nachts extremen Minusgraden, nicht ohne Schutzanzüge leben. Wasser, ohne dem nichts wachsen und gedeihen kann, gibt es nicht auf dem Merkur. Dieses wertvolle Nass wird bei diesen heißen Tagestemperaturen auf der Planetenoberfläche sofort zu Wasserdampf, und verschwindet im Weltraum. Eine Lufthülle hat der Merkur nicht.

Kurz und bündig, ein Leben, gleich welcher Art, ist auf der Oberfläche des Merkur nicht möglich. Da können deine Venusianer ihren Geist anstrengen wie sie wollen. Es würde auch auf weite Sicht nicht das Problem lösen, Merkur als Ersatzlebensraum für einen Teil der Venusianer zu nutzen." „Und dahin wollen meine Venusianer mit ihren Raketen fliegen?

Sag mal, „ES", das ist doch wirklich mal was Lustiges, oder? Vielleicht ist es auch ein netter Witz?" „Aber nein, Venus, woher sollten sie das alles wissen, was wir beide bereits gut kennen? Also machten sie sich auf den Weg, um nachzusehen, ob sie möglicherweise, falls der Einsatz ihrer Waffen mit der Kraft der Sonne misslingen sollte, eventuell auf der Oberfläche des Merkur leben könnten.

Wie das ausging, kannst du dir ja denken. Mehrere Versuche, um überhaupt auf dem Merkur landen zu können, misslangen. Erst der achte Versuch brachte den erhofften Erfolg, und gleichzeitig auch die nüchterne Erkenntnis, dass der Merkur für ein Leben der Venusianer völlig ungeeignet ist. Also begann das Spiel von vorn." „Ja gut, und wohin sollte es dieses Mal gehen, „ES"? Bleibt möglicherweise ja nur der Planet Mars oder der Planet Erde übrig. Wen von den beiden wollten sie als nächstes anfliegen?" „Das ist schnell erzählt, Venus!"

Eigenartigerweise entschieden sie sich für den Planeten Mars. Vermutlich deswegen, um sicher zu gehen, nicht wieder auf einem zu warmen Planeten zu landen. Der Mars ist, wie du weißt, wesentlich weiter von der Sonne entfernt, als Merkur. Genauer gesagt, hat er den weitesten Abstand von der heißen Kugel, und dürfte, so die Überlegung von einigen deiner Venusianer, eigentlich nicht zu warm sein.

Die bisher benutzten Raketen waren für die wesentlich weitere Reise nicht geeignet, also musste die gesamte Expetition auf die geänderten Bedingungen gründlich angepasst werden, um Fehlschläge auf ein Minimum zu reduzieren. All die dafür erforderlichen Maßnahmen und Arbeiten gelangen ihnen in einer relativ kurzen Zeit. Um den weiten Anflug bis zum Mars erfolgreich zu meistern, waren drei Versuche notwendig. Zwischenzeitlich hielt man ein wachsames Auge auf die Venusianer, die sich im Wasser aufhielten, schon um Gewissheit darüber zu haben, wie weit sie mit ihren Angriffsvorbereitungen sind.

Die Enttäuschung war groß, als die Forschungsgruppe die Marsrakete verließ, und die Oberfläche des Planeten betrat. Die Temperaturen auf dem Mars waren einfach viel zu kalt. Auch hier war ein Leben, ob für Pflanzen oder Tiere, auch aufgrund des äußerst geringen Anteils an Sauerstoff in der Luft, und sehr wenig Wasser auf und im Boden, völlig unmöglich. Ob es gelingen würde, auf lange Sicht gesehen, diesen Mangel durch den Einsatz von modernster Technik für die Erhaltung des Lebens zu ersetzen, blieb doch außerordentlich fraglich.

„Du bist sicher, „ES", dass sie damit rechnen, dass meine schöne Kuller für meine Venusianer unbewohnbar werden könnte?" „Ihre Handlungen sprechen dafür, liebe Venus." „Na danke, und was wird aus mir, „ES"?" „Venus, ich bitte dich. Wir denken und leben doch nicht wie deine Venusianer? Wir verwenden unseren Geist in kosmischen Dimensionen. Du existierst doch als ein großer Planet und nicht als Venusianer." „Stimmt auch wieder, und wie geht das alles bei mir weiter?" „Laß dir das erzählen!"

Schon richteten sich die Augen auf den Planeten Erde. Ganz praktisch betrachtet, ist das die letzte Möglichkeit, um auf einen anderen Planeten möglicherweise wieder von vorn beginnen zu können, falls auf dem eigenen Planeten auch die einfachsten Lebensbedingungen, aus welchen Gründen auch immer, verloren gehen würden. Die Entfernung von der Venus bis zur Erde ist zwar nicht so kurz wie von dir bis zum Merkur, aber auch nicht so weit wie zum Mars. Eigentlich, so überlegten sie hoffungsvoll, müsste auf der Erde aufgrund ihres Abstandes zur Sonne die Temperatur auf der Oberfläche ganz verträglich sein. Vielleicht nicht so mollig warm wie auf ihrem eigenen Planeten, aber ausreichend damit Pflanzen und Tiere leben können. Inwieweit sich bereits körperlich denkende Lebewesen der höheren geistigen Ordnung entwickelt haben könnten, kam bei solchen Überlegungen nicht in Betracht.

Ohne Zeitverzögerung wurden zwei Raketen mit ausgesuchten Mannschaften auf den Weg in Richtung Erde geschickt. Ihre Mitglieder bestanden vorwiegend aus Wissenschaftlern, Technikern, Militärs und Kindern.

„Wieso nehmen sie auf so eine sehr gefährliche Reise Kinder mit, „ES"?" „Falls sie aus technischen Gründen nicht zurück fliegen könnten, sollte so vermutlich die Möglichkeit abgesichert werden, dass Weiterleben auf dem fremden Planeten zu ermöglichen." „Ach so. Und warum Männer vom Militär?" „Du kennst vielleicht das Sprichwort unter manchen Völkern:

„Der schlechte Teil der Vernunft ist, in Blindheit zu handeln".

„Nein, „ES", kenne ich nicht. Wenn ich allerdings recht überlege, passt es zu ihnen. Sie neigen dazu, erst auf andere drauf zu schlagen, und dann zu fragen ob man vielleicht gemeinsam was unternehmen könnte? Witzig „ES"!"

Mitten in das Gespräch von Venus und dem Geistwesen „ES" hinein platzte die alarmierende Meldung, dass sich von der Küste des sandigen Landesteiles, große Fahrzeugansammlungen zügig in Richtung des anderen Landes bewegen würden. Alle weiteren Maßnahmen und Arbeiten an dem Programm zur Erforschung der Erde, wurden sofort eingestellt. Ab sofort übernahmen die Herrn des Militärs, und die vielen Kämpfer in Uniform das Sagen, um alle notwendigen Handlungen, und entsprechende Gegenmaßnahmen zur Abwehr der drohenden Gefahr einzuleiten.

Die von der Gegenseite begonnenen kriegerischen Maßnahmen wurden als derart bedrohlich eingestuft, dass nicht erst groß mit einfachen Abwehrmaßnahmen herum gefackelt wurde. Die bereits seit längerer Zeit in Stellung gebrachten Raketenbatterien, vollgetankt mit der unbändigen Kraft der Sonne, die allerdings in ihrer Wirksamkeit deutlich geringer dosiert wurden, starteten sofort in Richtung Landesteil des Gegners und seiner gesamten Küstenfront.

„Wie du sicher leicht feststellen kannst, bin ich mit meinem Bericht, über die zurückliegende Entwicklung auf deinem Planeten, in der Wirklichkeit angekommen, liebe Venus. Alles was von nun an geschieht, passiert jetzt!" „Wenn das so ist, kann ich ja alles direkt erleben, „ES", wie große Massen meiner Venusianer drauf und dran sind, meine schöne Oberfläche mit allem was darauf wächst und lebt zu zerstören? Ist das so, „ES", ist das wirklich so? Bitte sag mir die Wahrheit, ich habe Angst um mein Leben!" „Vertrau mir, kleine Venus!" „Danke, und was soll ich jetzt tun?" „Nichts! Lass sie werkeln! Du wirst erleben wie das ausgeht!"

Ihr ganzes Verhalten hat den Weg der Vernunft verlassen, und wird nur noch vom Hass und gewaltsamen Handeln beherrscht. Der rücksichtslose Einsatz dieser Vernichtungswaffen, wie sie augenblicklich verwendet werden, wird unter der gegnerischen Seite, verheerendes Unheil anrichten. Besonders für Venusianer, die im Wasser leben, ist das mehr als grausam was sie jetzt erleiden müssen. Die Verwendung dieser Art Waffen wird bei der Explosion das Wasser regelrecht zum Kochen bringen, so dass die lebenden Venusianer elendlich sterben werden, ohne auf Rettung hoffen zu können. Nicht einer von ihnen wird das Massaker überleben, das ist sicher. Möglicherweise werden sie sich dann besinnen, wenn sie feststellen was sie angerichtet haben. So sie das dann noch können. Vielleicht wird sie diese Erkenntnis dazu bringen, sich in ihrem gesamten Verhalten zu ändern. Die Möglichkeit haben sie, wegnehmen wird sie ihnen keiner. Es kann durchaus möglich sein, dass eine völlig andere Entwicklung eintritt, genau kann ich das noch nicht beurteilen.

„Was meinst du damit, „ES"?" „Die Waffen, die sie derzeit einsetzen, haben kurzfristig, also in dem Moment wo sie auf der Oberfläche der Gegenseite aufschlagen und explodieren, eine verheerende Wirkung für die gesamte Umwelt. Dabei bleibt es in den meisten Fällen allerdings nicht." „Kannst du mir erklären was dabei passiert?" „Kann ich!"

Durch die hohen Temperaturen, die bei der Detonation freigesetzt werden, bleibt in einem großen Umkreis nur verbrannte Asche übrig. Außerdem verursacht die Hitzewelle starke Stürme, bei dem kein Stein auf dem anderen bleibt. Kurz gesagt, alles was von deinen Venusianern in mühevoller Arbeit aufgebaut wurde, also alle möglichen Gebäude, Wohnanlagen und große Werke, werden hinweggefegt und vernichtet. Der blindwütige Einsatz dieser Waffen birgt allerdings noch eine andere Gefahr in sich, die unter Umständen viel gefährlicher sein wird, als das was jetzt geschieht. Man wird das nicht sofort erkennen, weil die Auswirkungen viel später zu spüren sein werden!" „Muss ich mich davor fürchten, und wieso merke ich auf meiner Oberfläche noch nichts davon. Die Kraft der Sonnenstrahlen ist doch schon sehr lange auf meinem

Planeten, „ES"?" „Das stimmt schon, Venus, und weil das so ist, dass bei solchen Verbrennungsprozessen auf der gelben heißen Kugel nicht nur warme Strahlen und helles Licht abgestrahlt werden, sondern auch andere energetische Strahlen, die wesentlich gefährlicher für die Pflanzenwelt, die Tiere und besonders für die denkenden körperlichen Geschöpfe sein können, schützt sie eine große Lufthülle um deinen Planeten die verhindert, dass diese Strahlen auf deine Oberfläche auftreffen können, und dabei alles Leben zerstören würden. Wenn deine Venusianer auf der Planetenoberfläche mit den Kräften der Sonne unbedacht umgehen, entstehen dabei auch lebensbedrohende Strahlen. Die schützende Lufthülle kann sie nicht abwehren, weil sie nicht von außen kommen, sondern auf der Oberfläche deines Planeten entstehen werden, und deine Venusianer direkt treffen können. Wie das für sie ausgehen wird, darüber werden wir beide uns zu einem späteren Zeitpunkt unterhalten.

" Ich bin der Tod geworden, der Zerstörer von Welten. "
Robert Oppenheimer

Ein gefährliches Experiment

Eine wahrscheinliche Unmöglichkeit ist immer einer unwahrscheinlichen Möglichkeit vorzuziehen.

Aristoteles

Die Hilferufe meiner Freundin Cosyma sind nicht mehr zu überhören, kleine Venus, sie muss große Sorgen haben, und dringend Hilfe brauchen. Ich werde dich erstmal allein lassen. Keine Sorge, du bist nicht unmittelbar in Gefahr." „Ich kann sie auch hören, und es klingt nicht besonders beruhigend, „ES", so wie sie ruft. Was soll ich zwischenzeitlich unternehmen bis du wieder hier bei mir bist? Ehrlich gesagt, ich glaube nicht, dass ich allein mit dem, was da alles noch auf meinem Planeten passieren kann, fertig werde, „ES"?"

„Was sich in nächster Zeit auf deiner Oberfläche ändern wird, geschieht langsam, und ohne großes Getöse. Ruh dich aus, und lass deine Wunden heilen." „Gut lieber „ES", ich warte auf dich! Bleib nicht so lange weg! Hier bei mir ist es nicht so, wie ich es gern hätte. Wenn du verstehst wie ich das meine?"

Bei ihren letzten Worten kann das Geistwesen „ES" schon fühlen, wie die Müdigkeit sich in Venus hineinschleicht und ihre sorgenvollen Gedanken in eine andere, ruhigere Welt gleiten lassen.

Ein leises, geistiges Ziehen erreicht noch ihre Überlegungen, dass sie immer spürt, wenn ein geistiges Wesen sie verlässt, und dann ist sie allein mit ihrem Planeten, der auf seiner Oberfläche für die Pflanzenwelt, für die Tiere und für die Venusianer nichts Gutes erwarten lässt. Zwischenzeitlich ist das Geistwesen „ES" bei seiner Freundin Cosyma angekommen, und spürt bereits ihre sorgenvollen Gedanken.

„Cosyma, was bedrückt dich, und wie kann ich dir in deiner Not helfen?" „Danke, „ES", für dein schnelles Kommen. Sehr ernste Gedanken von anderen Geistwesen aus unserer Gemeinschaft haben mich aus meiner besinnlichen Ruhe geweckt, und auf eine sehr ernste Gefahr aufmerksam gemacht." „Jetzt erschreck mich nicht so! Was soll das sein, und wo kommt sie her? Ich habe im materiellen Universum noch nichts bemerkt, dass uns möglicherweise gefährden könnte!" „Die Bedrohung kommt tatsächlich aus dem materiellen Universum, „ES"." „Ach nein! Und was soll das konkret sein, Cosyma?"

„Aus der Andromeda Galaxis kommt ein ernstes und beängstigendes Unheil auf uns Geistwesen zu, das uns zerstören könnte. Du weißt, bei so einer Gefahr verstehen wir Geistwesen keinen Spaß. Wir werden uns gemeinsam schnellstens entscheiden müssen." „Ich stell mir gerade vor, liebe Cosyma, die von dir besagte Katastrophe ließe sich nicht abwenden? Nicht auszudenken, was da passieren würde. Das materielle Universum, mit allen Galaxien, Sternen und Planeten wäre von einem Moment auf den anderen aufgelöst, nicht mehr vorhanden, mit allem was auf ihnen wächst und lebt. Das „geistige Sein", eingebettet in der „geistigen Energie" das bereits so viel Gutes geleistet hat, wäre möglicherweise auch nicht mehr so existent, nein! Ich darf an so etwas nicht denken."

„Wir sollten das verhindern, Cosyma, sofort!" „Deshalb habe ich dich gerufen, lieber „ES"!" „Wie ich dich kenne, neigst du nicht zur Übertreibung, und besonders spaßig bist du auch nicht, wenn Gefahr droht." „Also, Cosyma sprich, um was genau geht es!" „Lass dir das der Reihe nach erzählen, „ES"!"

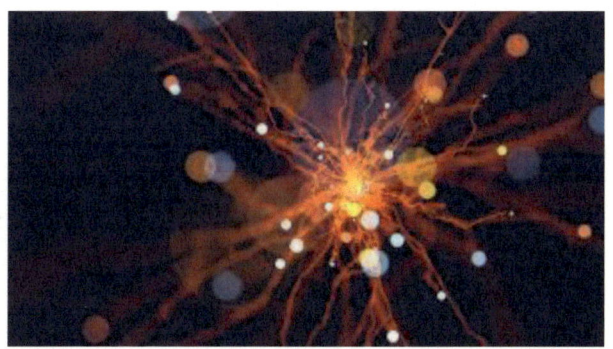

*"Wissen wird einem nicht geschenkt, man kommt um ein gewisses
Maß an geistiger Anstrengung nicht herum."*

Harald Lesch

Es existiert in der genannten Galaxis ein blauer Planet. Die Farbe
blau deshalb, weil er viel Wasser auf seiner Oberfläche hat. Er ist
nicht besonders groß. Halt eine gemütliche kleine Planetenkuller,
so wie die kleine Venus, na ungefähr so groß.

Dieser blaue Planet dreht sich in einem Abstand um eine kleine
gelbe Sonne, die die Temperaturen auf seiner Oberfläche sehr er-
träglich machen. Auch so scheinen die Verhältnisse ganz passabel
zu sein, damit alle körperlich denkenden Geschöpfe mit ihrer
Pflanzen- und Tierwelt gut auskommen können. Die intelligenten
Lebewesen sind über das nur „Essen", nur „Trinken" und sich nur
„Vermehren" bereits weit hinaus gewachsen. Ihre Lebensverhältnisse haben sie sich so aufgebaut, damit es ihnen an nichts Wesent-
lichem fehlt. Um eine zu starke Belastung ihrer Umwelt, als auch
den übermäßigen Verbrauch der Ressourcen des Planeten zu
verhindern, achten sie streng auf die Gesamtzahl aller Bewohner.
Gleich ob es die Tierwelt trifft, oder sie selbst, als Herren des Planeten. Ihr gesamtes Handeln richten sie streng nach logischen
Grundsätzen aus. Das einfach so in den Tag hinein leben, hat bei

ihnen keine Chance. Und überhaupt, ihre gesamte bisherige Entwicklung verlief sehr friedlich.

Ständig sind sie darauf bedacht, ihr Wissen zu erweitern, und ein angenehmes Leben zu führen. Sie haben gelernt, mit der gesamten Natur im Einklang zu leben. Wenn da nicht ihr unbändiges Streben wäre, alles besser machen zu können, und alles besser wissen zu wollen, als das „geistige Sein", eingebettet in der „geistigen Energie" das bereitstellt.

„Wollen die denkenden Geschöpfe dieses Planeten allen ernstes sich mit der geistigen Welt anlegen, oder gar messen wollen, wer der Beste und Klügste sei? Sonst fehlt ihnen wohl nichts, Cosyma? Na, ich darf doch da mal kräftig lachen, oder?" „Jetzt gib halt Ruhe, „ES", und hör zu. Lachen und diskutieren können wir später auch noch."

Mit der Kriegsspielerei haben sie es auch nicht mehr so. Sie haben wohl gemerkt, und am eigenen Leib auch spüren müssen, dass das auf Dauer keine wirklichen Lösungen schafft, sondern nur Leid, Elend, Schmerzen und Tod. Und klüger, was sie ja eigentlich anstreben, macht sie das auch nicht. Ständig musste das, was sie ohne Sinn und Verstand zerstört haben, wieder aufgebaut werden. Zeit zum geistigen Verweilen blieb da nicht übrig.

Anerkennen sollten wir beide, dass sie dieses unwürdige Verhalten, das ein denkendes körperliches Lebewesen der höheren geistigen Ordnung nicht besitzen sollte, in erstaunlich kurzer Zeit ihres Bestehens hinter sich gelassen haben. Stattdessen konzentrieren sie sich nunmehr auf die Bildung und Ansammlung von Wissen, und von dem so viel und umfassend wie nur möglich. Sie sind wirklich sehr klug und technisch sehr weit fortgeschritten. In diesem Punkt sollte man sie ganz sicher nicht unterschätzen, lieber „ES". Mit ihren Raketen fliegen sie bereits zu anderen Planeten, die möglichst nicht so weit von ihrem eigenen Standort entfernt sind. Sie erforschen auf ihnen umsichtig jede Möglichkeit, dass gegebenenfalls Bewohner vom eigenen Planeten dort die Chance haben, sich auf lange Sicht anzusiedeln.

„Ja gut, Cosyma, dagegen habe ich ja nichts, wenn sie sich im materiellen Universum informieren wollen. Wenn sie dabei den einen oder anderen bewohnbaren Planeten in ihrem erreichbaren Umfeld besetzen, ohne dabei das Leben des Planeten zu zerstören, können sie das meinetwegen tun. Hauptsache sie stellen keinen Unfug an, und experimentieren nicht auf der Oberfläche herum. Auch wenn sie meinen sollten, bereits besonders viel zu wissen, sind sie doch im Vergleich zu dem was sie wissen müssten um mitreden zu können unwissend."

„Das genau ist ihr Problem, „ES", und natürlich in gewisser Weise auch das von uns Geistwesen." „Was meinst du damit konkret, Cosyma?" „Sie wollen etwas sein, was sie nicht sind. Das aber, „ES", genau das, können oder wollen sie nicht einsehen. Sie sind wie ein unwissendes Kind das meint alles zu beherrschen. Das können diese denkenden Geschöpfe nicht, weil ihnen dafür der Verstand fehlt, der notwendig wäre, das genauso zu erfassen und zu verstehen, wie es zwingend erforderlich ist, lieber „ES". Ich erkläre dir das mal aus meiner Sichtweise!"

Sie nehmen sich aus einer komplexen Kausalität ein Thema heraus, und bemühen sich, die Zusammenhänge, die in einer bestimmten Aufgabenstellung zu bilden wären, auf multidimensionale Strukturen zu übertragen. Das würde ja geistig noch zu bewältigen sein, wenn da nicht ein dicker Trugschluss in ihrem Denken einzementiert wäre. Stell dir gedanklich vor, lieber „ES", du würdest einen Wissenschaftler von diesem blauen Planeten fragen können, wie er sich den Anfang und das Ende des materiellen Universums vorstellen würde. Für uns beide keine sehr schwierige Frage. Dieser Wissenschaftler würde sich um eine Antwort herummogeln, und müsste möglicherweise versuchen mit irgendwelchen aus der Luft gegriffenen Überlegungen eine scheinbare Lösung präsentieren, an die er eigentlich selber nicht glaubt oder davon überzeugt wäre.

Und warum weiß er es nicht? Weil ihm dafür das grundsätzliche Wissen fehlt in solchen Dimensionen zu denken. Sie verbinden ihre Erklärungsversuche zum Thema materielles Universum mit dem Faktor Zeit. Wie wir beide wissen, gibt es keinen kausalen Zusammenhang in Bezug auf die Unendlichkeit des Universums mit der Zeit. Verdeutlichen könnte man diesem Wissenschaftler auf dem blauen Planeten das an einem Beispiel:

„Einmal unterstellt, das materielle Universum würde sich im geistigen Universum, also im „geistigen Sein" eingebettet in der „geistigen Energie", immer weiter ausdehnen und erreicht eine fiktive Grenze des materiellen Universums. Es würde die energetische Grenze niemals berühren können. Der energetische Abstand wird zwar immer kleiner, ist aber stets unendlich klein. Woraus man ableiten kann, dass es ein Ende für das materielle Universum nicht geben kann."

Aber darüber haben wir beide uns ja schon öfters unterhalten. Diese denkenden Geschöpfe argumentieren mit dem Faktor Zeit. Natürlich tun sie das! Die Zeit lebt von der Differenz. Wie will man damit die Unendlichkeit erklären, ohne dabei einen Anfang und ein Ende definieren zu müssen?

„Ich stimme dir zu, Cosyma. In ihrer geistigen Überheblichkeit wollen diese denkenden Geschöpfe alles anders tun, als wir Geistwesen. Und natürlich können sie das auch viel besser. Hast du mal ihre Gehirne etwas näher untersucht, Cosyma? Entschuldige bitte, ich kann das nicht so gut wie du. Also die Stelle in ihrem Kopf, wo sich das Denken konzentriert. Hat sich vielleicht, so habe ich mir überlegt, was zu ihren Nachteil verändert? Ich meine, möglich ist das ja. Wieso sollten sie plötzlich auf solche Gedanken kommen, mit denen sie derzeit sehr gefährliche Versuche unternehmen? Vielleicht hat sich ihr Denken in irrationale Bereiche verlagert, Cosyma? Langeweile kann es ja nicht sein, hoffe ich jedenfalls?"

„Nein, lieber „ES", in ihrem Kopf, so meine Feststellung, ist noch alles in Ordnung, soweit ich das beurteilen kann." „Aber irgendwas denken und praktizieren sie anders, Cosyma, sonst bräuchten wir uns doch keine ernsten Sorgen zu machen?" „Ich meine, „ES", geändert hat sich nicht das „Wie" sie denken, sondern das „Was" sie denken." „Das haben wir beide ja eben diskutiert, Cosyma. Sie sind der festen Überzeugung, alles besser machen zu können." „Halt mal kurz an, „ES", ich muss erstmal lachen." „Kannst du, aber halt dich etwas zurück. Also gut, Cosyma, worin besteht, konkret gefragt, die drohende Gefahr von der du sprichst?" „Das ist schnell gesagt, „ES". Also hör zu!"

Es gibt zwei wesentliche Projekte in ihrem derzeitigen Forschungsprogramm, die ihre geistigen Betrachtungen antreiben. Was die Eile betrifft, mit der sie das alles unternehmen, sind vermutlich knappe Zeitressourcen. Sie scheinen auch die Triebfeder ihres derzeitigen Handelns zu sein. Zum einem suchen sie nach einer neuen Waffe, um weitere bewohnbare Planeten unter ihre Herrschaft zu bekommen und, so erforderlich, mit Waffengewalt einzunehmen und für immer zu besetzen.

Dafür benötigen sie vermutlich völlig andere Sprengsätze, die weit über das hinausgehen, was sie bis jetzt nicht besitzen, aber gern hätten, oder die sie relativ leicht produzieren könnten. Und das andere Feld ihrer Bemühungen sind neuartige Antriebssysteme für ihre interplanetarischen Raketen, mit denen es möglich sein sollte, auch weit entfernte Planeten anfliegen zu können. Mit dem jetzigen Rückstrahlsystem, das sie in ihren Raketen verwenden, ist das nicht möglich. Die Unmengen an Treibstoff könnten sie überhaupt nicht in den Raketen unterbringen, um dorthin zu gelangen, wo sie hin wollen. Das ist wieder so ein typischer Charakterzug ihres Denkens, in kleinen Segmenten von prozessualen Abläufen zu handeln. Sie greifen sich ein Thema aus dem Gesamtkomplex heraus, und forschen wie die Geisteskranken daran herum, um eine mögliche Lösung ihres Problems zu finden.

Natürlich mögen auch ein wirtschaftlicher Druck, bestimmte strategische Überlegungen und das gierige Profitdenken bestimmter Kreise der zuständigen Industrie eine gewisse Rolle spielen. Ich will das nicht ausschließen, was allerdings die Art und Weise ihres Denkens nicht rechtfertigen würde.

Für uns beide ist das, was ich dazu noch sagen will zwar albern, aber für diese denkenden Geschöpfe ein ernster Anlass darüber wissenschaftliche Erkenntnisse zu sammeln. Um interplanetarische Flüge mit ihren Raumschiffen zu bewohnbaren Planeten zu unternehmen, die deutlich weiter von ihrem Heimatplaneten entfernt sind, benötigen sie ein völlig anderes Antriebssystem und ein ganz anderes energetisches Antriebsmodul, als die bisher üblichen Rückstrahltriebwerke. Und wenn ich von Entfernungen spreche, meine ich dabei solche ab einhundert Lichtjahre aufwärts. Im Vergleich zur räumlichen Ausdehnung des materiellen Universums, lieber „ES", bedeuten einhundert Lichtjahre für einen Raumpiloten auf seinem Planeten nicht mehr, als ein kleiner Spaziergang von seinem Haus zu seinem in der Nähe wohnenden Nachbarn. Von der Lebensspanne die sie erreichen müssten, um solche weiten Flüge zu absolvieren, möchte ich gar nicht erst sprechen. Alles in allem ein echter Lacher, sich als denkende Geschöpfe kosmische Flüge in Lichtjahren vorzustellen! Wieder zurück zur Gefahr, die uns von diesen denkenden Geschöpfen droht! Oder möglicherweise drohen könnte.

Das materielle Universum wird, wie du weißt, lieber „ES", von zwei wichtigen Energiefeldern beherrscht. Das eine ist zuständig für die räumlich energetische Beschaffenheit, und das andere ist verantwortlich für die materiellen Massen in diesem Raum. Zum Beispiel die Galaxien, Sterne und Planeten, die riesigen schwarzen Löcher und vieles andere an Materiekonzentrationen, die ich dir nicht aufzählen muss.

Möglicherweise durch Zufall gelang es ihnen bei Versuchen und Tests, nahe an die energetische Existenz von Energieteilchen der zwei Energiefelder zu kommen. Obwohl es wirklich nicht so einfach ist, sie in technischen Versuchen zu erzeugen. Diesen denkenden Geschöpfen ist es gelungen, so wie es halt manchmal der Zufall will, technisch nahe an die atomare Struktur dieser Teilchen heranzukommen. Sollte es ihnen gelingen, diese Teilchen in ihren Anlagen zu erzeugen, und sie sind tatsächlich auch kurz davor, würde das bedeuten, dass das bestehende Gleichgewicht, dass das materielle Universum energetisch festigt, aus den Fugen geraten könnte. Die Folgen wären katastrophal! Diese beiden großen Energiefelder sind in ihrer energetischen Zusammensetzung zueinander, ein Garant für die Stabilität im materiellen Universum. Gerieten sie aus dem Gleichgewicht, und dafür wäre nur eine winzige Instabilität des bestehenden Energiehaushaltes erforderlich, würden sie sich gegenseitig in einer riesigen Energieentladung auflösen. Das materielle Universum wäre von einem Moment zum anderen so nicht mehr existent. Dem „geistigen Sein", eingebettet in der „geistigen Energie" würde es nicht anders ergehen. Das alles nur, weil diese denkenden Geschöpfe vom blauen Planeten mit Dingen experimentieren, die sie völlig losgelöst vom universellen Zusammenhang behandeln.

Wenn wir mit ihnen nach der Zerstörung, die sie verursachen würden, darüber reden könnten, käme vermutlich die Antwort: „Woher sollten wir das wissen?" Also bitte, lieber „ES", wer hat ihnen denn gesagt, dass es nicht zu so einer Katastrophe kommen könnte, wenn sie mit Sachen experimentieren die sie nicht verstehen?

Wirklich witzig, wenn es nicht so furchtbar ernst wäre. In ihre Köpfe müsste man einhämmern, dass, wenn sie die wirklichen Auswirkungen der technischen Versuche nicht genau umreißen können, sie tunlichst die Hände davon lassen sollten. „Alles richtig was du sagst, Cosyma! Wenn ich das verstanden habe, ist die Existenz von uns in sehr großer Gefahr, gelinde ausgedrückt. Ich neige zwar nicht dazu, das Leben auf einem Planeten gewaltsam zu beenden, aber hier haben wir keine andere Möglichkeit! Es muss sein!" „Was wirst du jetzt unternehmen, „ES"?" „Ich werde mir im System des blauen Planeten einen Gasriesen suchen, den Planeten dieser gefährlichen Zweibeiner damit ins Schlepptau nehmen, und in die nächst größere Sonne schleppen lassen. Die wird sich über einen zusätzlichen Materiehappen freuen, und wir sind die Gefahr ein für alle Mal los. Cosyma bitte, siehst du eine reale Möglichkeit mit der Vernunft und dem Verstand sie von ihrem Vorhaben noch rechtzeitig abhalten zu können? Ich tue das, was ich tun müsste, äußerst ungern. Es widerstrebt meinem ganzen Ich." „Möglich ist es vielleicht, lieber „ES", aber das Risiko eines Fehlschlages ist bedenklich groß, noch dazu bei dem Wagnis, das wir damit eingehen." „Danke liebe Cosyma, habe alles verstanden! Entschuldige bitte, bin bald wieder bei dir!"

Es vergeht eine geraume Zeit bis Cosyma das typische geistige Rauschen vernimmt, dass sie spüren lässt, dass das Geistwesen „ES", wieder in ihrer räumlichen Nähe ist. Sich dessen bewusst, was geschah und geschehen musste, ihnen beiden aber zu tiefst widerstrebt, fällt es Cosyma sehr schwer, andere Gedanken zu verfolgen.

„Cosyma, du bist so still? Ich habe eben etwas tun müssen, für das es eigentlich keine Begründung, Entschuldigung oder Rechtfertigung gibt, auch niemals geben darf! Es ist für geistige Lebewesen mehr als unwürdig, denkende Lebewesen zu töten, und mögen sie noch so sehr von ihrer Habgier und vom Hass getrieben werden. Wir haben andere Möglichkeiten darauf einzuwirken." „Du willst mich trösten, und mir über das Geschehene hinweghelfen. Danke! Es wird mir und dir nicht helfen, wenn wir schweigsam vor uns hin grübeln, und vielleicht überlegen müssen, was wir hätten anders tun können, ohne dabei Leben zu zerstören." „Entschuldige, Cosyma, es fällt mir momentan schwer, klare Gedanken zu fassen. Für uns beide soll das, was mit dem blauen Planeten geschehen musste, eine Warnung sein." „Das empfinde ich genauso wie du."

Wir beide dürfen nie wieder, hörst du lieber „ES", nie wieder in eine Situation kommen, bei der wir denkendes Leben töten! Dafür sind wir nicht geschaffen, und wollen es dafür auch nicht sein." „Gut das du das so deutlich sagst, Cosyma, wir werden uns beide ganz bestimmt, und ohne Ausnahme daran halten. Und wenn wieder einmal unser Universum durch falschen und ehrgeizigen Wissensdrang von gewissen denkenden Geschöpfen in Gefahr gerät zerstört zu werden, dann muss das so sein. Letztlich ist es nicht die unmittelbare Schuld solcher denkenden Geschöpfe. Es ist unser Versagen, Cosyma. wir müssen auf solche Entwicklungen auf den bewohnbaren Planeten besser vorbereitet sein, und rechtzeitig reagieren. Dank unserer Möglichkeiten die wir haben, können wir solche Gefahren rechtzeitig erkennen, und mit friedlichen Mitteln ganz sicher verhindern. Gäbe es eine Begründung, gleich welcher Art, denkende Lebewesen zu töten, finden sich unzählig viele, um es zu rechtfertigen.

„Was wirst du jetzt unternehmen, Cosyma?" „Na was wohl? Sofort nach solchen denkenden Geschöpfen suchen, die an etwas forschen, was sie lieber bleiben lassen sollten. Jedenfalls werde ich das Richtige tun, damit sie sich auch daran sorgsam halten. Und du, „ES", wohin führt dich dein Weg. Ach, ich ahne schon wohin dich deine Sorgen ziehen. Der Planet Venus hat wirklich erhebliche Probleme mit seinen Venusianern. Ich kann da auch nichts mehr retten, so gern ich möchte." „Ich weiß, Cosyma, die Venusianer auf ihrem Planeten haben den Wettlauf mit der Gier und dem Hass zweifelsfrei verloren. Einige werden sich wohl auf einen Planeten mit dem Namen Erde retten wollen. Vielleicht gelingt es ihnen, diese relativ weite Entfernung, jedenfalls für ihre einfachen technischen Möglichkeiten und mit ihren doch recht primitiven Fluggeräten zu überwinden. Wir beide werden es bestimmt verfolgen können."

So ganz hoffnungslos ist das für sie nicht, „ES". Sollten sie die weite Entfernung überbrücken können, werden sie einen Planeten vorfinden, der bereits eine recht starke, erwachende Natur besitzt. Die Pflanzenwelt gedeiht prächtig, und die Artenvielfalt unter der Tierwelt ist groß.

Auch sind bereits auf verschiedenen Landesteilen denkende Geschöpfe zu beobachten, die möglicherweise sich selbst erkennen werden. Eine gute Gelegenheit für die flüchtenden Venusianer, auf der Erde eine zweite Heimat zu finden, und den sich dort entwickelnden Geschöpfen bei ihrer Entfaltung zu helfen. Sie müssen ja nicht zwingend die gleichen Fehler wiederholen, die sie auf der Venus verzapften und die sie selber in ihrem eigenen Leben erleiden mussten. Wie das alles für sie enden wird, bleibt hoffentlich in den Hirnen dieser Venusianer noch sehr lange gespeichert.

„Sag mal, Cosyma, woher weißt du das alles schon. Ich mein das mit der Erde?" „Ganz einfach, „ES"! Wie das schreckliche Gerangel auf dem Planeten Venus ausgehen würde, war für mich klar zu erkennen. Also habe ich mich in dem Sonnensystem ein wenig umgesehen. Von allen Planeten, die zum Leben für denkende Geschöpfe geeignet sein sollten, blieb eigentlich nur der Planet Erde in diesem System übrig." „Ich sehe wieder einmal, dass ich eine kluge Freundin habe." „Und ich habe einen klugen Freund. Jetzt lass dir weiter erzählen."

Der Planet ist etwas größer als der von deiner kleinen Venus, und der Abstand zur Sonne etwas größer. Es wird also leicht kühler als auf der Venus sein. Das muss kein Nachteil für die Entwicklung von Leben nach sich ziehen. Wasser, ein sehr wichtiges Element, gibt es dort im Überfluss.

„Die Erde könnte ein Zufluchtsort für einige Venusianer werden, da stimme ich dir zu, Cosyma. Die anderen denkenden Geschöpfe auf dem Planeten Venus werden sterben. Die Krankheiten, die sie durch den Strahlenbefall erleiden müssen, sind nicht heilbar. Das Ende wird schrecklich und sehr schmerzhaft für sie werden. Auch andere Lebewesen und die Pflanzenwelt werden einige Zeit brauchen, um sich von der unsinnigen Zerstörung wieder zu erholen."

„Hineinversetzen darf ich mich nicht, lieber „ES". Es gibt doch wirklich wesentlich schönere Lebensformen, als mit der Raffsucht und der Habgier ständig spazieren zu gehen. Wo das hinführen kann, haben wir ja gründlich mit ansehen müssen. Deine kleine Venus wird wohl einige Zeit schlafen müssen, bis ihre Oberfläche von den schlimmen Strahlenbelastungen befreit ist und sie wieder im Glanz ihrer Sonne erstrahlen kann.

Also, mein lieber „ES", grüß mir deine kleine Tochter von mir, ich wünsche ihr, wenn sie das alles überstanden hat, eine lange kosmische Ruhe. Bis später „ES"." „Halt, Cosyma, sei doch nicht so hastig. Lass dir noch kurz erzählen, was ich bereits unternommen habe und noch unternehmen werde, damit bei solchen so genannten wissenschaftlichen Experimenten dieser denkenden Geschöpfe mit den kleinen Bausteinen, für das materielle Universums nicht weiterhin die Gefahr bestehen bleibt, dass es zu unkalkulierbaren energetischen Verwerfungen kommen kann." „Also gut, „ES", ich bleibe." „Du sorgst ja mit deinen Geisteskräften der Vernunft dafür, dass damit nicht erst angefangen wird, und sollten sie dennoch so viel Unerschrockenheit besitzen und es wagen, kann trotzdem nichts Gefährliches mehr passieren." „Wieso nicht, „ES"? Was willst du denn ändern, damit das eintritt, was du sagst?" „Das will ich dir gern erklären, Cosyma.

Ich habe bestimmte physikalische Bedingungen bereits so geändert, dass es zu keinen energetischen Problemen im materiellen Universum mehr kommen kann." „Das höre ich gern, „ES". Wie hast du das angestellt, wenn ich mal neugierig sein darf?" „Im Zentrum einer Galaxis habe ich vor sehr langer Zeit ein großes, energetisches schwarzes Loch entstehen lassen." „Das weiß ich doch, „ES". Immer wenn ich in diese Richtung muss, mache ich einen großen Umweg, damit ich nicht in seine Nähe komme. Ich bin ja wirklich keine ängstliche Natur, aber in der Umgebung dieses gewaltigen kosmischen Gefüges, wird mir unheimlich."

„Sag mal, „ES", werden dort nicht auch alle Seelenwesen der denkenden Geschöpfe, die sich nicht vom Hass, der Habgier und allen anderen schlechten Charaktereigenschaften während ihrer kurzen Lebensspanne trennen konnten, energetisch gespeichert?" „Ja, ihre Energiehaushalte werden dort für einen anderen Zweck verwahrt. Frag mich jetzt nicht wofür, das ist ein ziemlich zeitraubendes Thema, über das wir jetzt nicht weiter diskutieren müssen. Vielleicht tun wir das, wenn wir mehr Ruhe dafür haben. Zurück zum schwarzen energetischen Loch!"

Der relativ geordnete Ablauf der energetischen Prozesse in diesem schwarzen Loch brachte mich auf einen entscheidenden Gedanken, den ich sofort in die Praxis umsetzte. Ich habe ganz gezielt, makromagnetische Felder in diesem energetischen Komplex so positioniert, dass die energetischen Masseteilchen, mit denen auch die denkenden Geschöpfe experimentiert haben, und andere denkende

Lebewesen gegebenenfalls noch gern möchten, so magnetisch eingefangen, und nach ihrem entsprechenden Energiehaushalt geord-
net, dass alles wie ein großer Puffer wirken kann.

Falls durch die experimentellen Versuche von gewissen denkenden
Geschöpfen, der Energiehaushalt im schwarzen Loch plötzlich gestört wird, und dabei die Gefahr von gewaltigen, kosmischen
Verwerfungen im gesamten Universum entstehen könnten, werden
die sich anbahnenden Differenzen aus dem energetischen Puffer
zeitgleich ausgeglichen." „Du bist absolut sicher, „ES", dass das
ganz genau so und nicht anders abläuft?" „Aber ja, Cosyma! Der
Energieinhalt in diesem schwarzen Loch wird sowieso durch ständige Veränderungen im materiellen Universum in Anspruch genommen. Laufend kommen, in unterschiedlicher Folge, energetische Bewusstseinsinhalte dieser denkenden Geschöpfe an, die ständig durch anders geladene Energieteilchen zugeordnet und gespeichert werden müssen. Das funktioniert schon immer und deshalb kam ich auf diesen Gedanken. Notwendig war nur die richtige
Anordnung von starken Magnetfeldern, damit die unterschiedlichen Energiehaushalte, mit ihren kleinsten Masseteilchen sich
nicht in die Quere kommen, vorsichtig formuliert. Es funktioniert!

Glaub mir, ich weiß was ich sage!" Wie bist du auf den Gedanken
gekommen, dass so zu lösen?" „Frag mich was Leichteres. Ehrlich
gesagt, ich weiß es nicht. Jetzt schau mich nicht so fragend an, ich
weiß es wirklich nicht, Cosyma. Vielleicht waren es die vielen
Schmerzensschreie der denkenden Geschöpfe auf dem blauen Planeten, die durch meine Schuld ihr Leben verloren haben.

„Nein, Cosyma! Wir probieren nicht, wir tun es. Und was wir unternehmen, werden wir so verwirklichen, damit nicht durch unsere
Schuld denkende Lebewesen darunter leiden müssen. Wenn ich
von der Venus zurück bin, kommst du mit mir zu einer
ausgesuchten Galaxis, dort werden wir beide einen sehr kleinen,

und streng kontrollierten Test durchführen, bei dem, sollte er rein theoretisch misslingen, nichts kaputt gehen kann. Sei ohne Sorge, es wird gelingen. Die erforderlichen Vorbereitungen habe ich bereits getroffen. So, jetzt ist aber wirklich Schluss, ich muss zu meiner kleinen Venus. Wir sehen uns wieder, Cosyma, ich freu mich darauf. Lass mich die Probleme vom Planeten Venus noch mit ihr besprechen, und danach treffen wir uns an unserem Stammplatz, bis bald, liebe Cosyma." „Ich freu mich auch, lieber „ES".

Wir haben nicht mehr die Wahl zwischen Gewalt und Nichtgewalt. Wir haben nur die Wahl zwischen Nichtgewalt und Nichtsein.

Martin Luther King

Muss ich sterben

Jener letzte Tag, vor dem du zurückschreckst, ist der Geburtstag der Ewigkeit.

Lucius Annaeus Seneca

Behutsam bemüht sich das Geistwesen „ES" den Planeten Venus aus seinem seligen Schlaf zu wecken. Trotzdem, es dauert eine beträchtliche Weile, bis sie ihre Traumwelt verlässt, und sie mühsam wieder in die Wirklichkeit zurück findet.

„Du bist ja schon wieder da, „ES"? War es doch nicht so schlimm mit den Sorgen, wie du sie möglicherweise vermutet hattest?" „Schlimm ist nicht die richtige Formulierung dafür, liebe Venus, um das Ausmaß des Schreckens zu beschreiben, dass wir vor kurzem erleben mussten. Stell dir vor, einige denkende Geschöpfe in einer anderen Galaxis haben auf einem weitentfernten kleinen Planeten mit ihren Experimenten an den kleinsten Bausteinen der Materie, die Existenz des materiellen Universums sehr gefährdet. Rücksichtsvoll formuliert." „Wie ist so etwas möglich, „ES"? Wie können solche relativ unwissenden denkenden Geschöpfe, die natürlich auch denken können, ein ganzes Universum gefährden? Ehrlich gesagt, ich kann mir das nur sehr mühsam vorstellen." „Lass uns das ein anderes Mal diskutieren. Die Gefahr ist vorüber, und Sorgen müssen wir uns darüber nicht mehr als unbedingt notwendig machen.

Jetzt sag mir erstmal, wie es dir geht?" „So genau kann ich dir das nicht beschreiben. Ich habe so ein Gefühl, als würden derzeit auf meinem Planeten schreckliche Dinge passieren. Keine so riesigen Explosionen, nein! Mehr so langsam schleichende energetisch ablaufende Prozesse, die ganz erhebliche Einschnitte und Veränderungen auf meiner Planetenoberfläche zur Folge haben werden. Es beängstigt mich sehr, „ES"!" „So ganz Unrecht hast du mit deinen Gefühlen nicht, liebe Venus."

Du erinnerst dich bestimmt an unser Gespräch in der Zeit, als ein bestimmter Teil deiner Venusianer, mit den Kräften der Sonne, den anderen Teil ihrer Bewohner vernichteten. Ich sagte dir damals, dass es bei solchen schrecklichen Waffeneinsätzen zwei verschiedene Wirkungsweisen gibt. Sobald diese von ihnen gebauten Bomben explodieren, entwickelt sich eine extrem große Hitzewelle, und alles wird in einem weiten Umfeld zu Asche verbrannt, und zerstört. Bei der Detonation werden allerdings auch andere Strahlen freigesetzt, deren schreckliche und immer tödlich verlaufende Wirkung auf Lebewesen nicht sofort zu erkennen ist. Sie ist unsichtbar, aber trotzdem sehr gefährlich, und sie breitet sich auf deiner gesamten Oberfläche aus. Alles was lebt, ich meine damit deine gesamte Pflanzenwelt, die Tiere und natürlich auch deine Venusianer, werden von den Strahlen erfasst. Sie dringen über ihre Haut und über ihre Atmung in die kleinsten Teilchen ihres Körpers ein und zerstören ihre Funktionen vollständig und auf Dauer.

„Sind das die kleinen Teilchen, von denen du mir schon öfters erzähltest, und aus denen alles auf meiner Oberfläche entstanden ist, „ES"?" „Genauso ist es geschehen, und so geschieht es immer wieder aufs Neue. Letztlich ist deine schöne Kuller auch aus diesen Bausteinen entstanden. Wenn eine bestimmte Strahlung, die von der Sonne kommt und auf deinen Planeten zurast durch die Schutzhülle, die deine Oberfläche umspannt doch eindringen könnte, würde es für alle Lebewesen eine lebensbedrohende Situation geben." „Wieso, „ES"?" „Diese Strahlen würden die kleinen Bausteine des Lebens zerstören. Ein Leben wäre dauerhaft nicht möglich." „Heißt das, dass ich in Zukunft allein, ohne alles Leben auf meiner Oberfläche, existieren werde?" „Ich hoffe nicht, dass es so schlimm für dich kommen wird. Wahrscheinlicher wird eher sein, dass deine Pflanzenwelt, die nicht von der Hitzewelle verbrannt wurde, sich wieder regenieren wird, und bald wieder so ist, wie vor der Vernichtungswelle durch deine Venusianer. Bei der Tierwelt, vor allem für die, die auf dem Land lebten, kann es möglicherweise zu erheblichen Veränderungen ihres Körperbaues kommen. Im schlimmsten Fall werden sie durch massive Strahlenerkrankungen sterben. Langfristig, so denke ich, wird sich das wieder normalisieren. Solange du eine aktive Pflanzenwelt besitzt, wird sich wieder eine Tierwelt entwickeln können. Beide großen Lebensbereiche existieren in einer engen Wechselbeziehung zueinander und brauchen sich gegenseitig. Mach dir darüber nicht so viele Sorgen, das lebt sich wieder ein, kleine Venus, du hast ja viel Zeit."

„Was ist mit meinen Venusianern? Jedenfalls mit denen, die den schrecklichen Krieg so leidlich überlebt haben." „Für sie gibt es sehr wenig Hoffnung. Genauer gesagt, eigentlich überhaupt keine!" „Warum nicht, „ES"? „Sie wurden ausnahmslos alle großen Strahlenbelastungen ausgesetzt. Und selbst wenn sie das überleben, wird durch die ebenfalls belastete Nahrungsaufnahme und das Trinkwasser, ständig die Strahlendosis in ihrem Körper erhöht. Sie werden ganz sicher krank, an den Folgen dieser Krankheiten sehr leiden und letztlich sterben. Das ist nicht zu ändern, liebe Venus, so schmerzlich uns das auch berühren mag."

„Warum sind diese kleinen Teilchen, aus denen wir vielen Planeten, Sonnen, Galaxien bestehen sollen, so empfindlich gegen bestimmte energetische Beeinflussungen, „ES"? Existieren du und alle anderen Geistwesen eigentlich auch aus solchen winzig kleinen Bausteinen der Materie? Wie du immer so schön sagst."

„Also, ich sehe schon, kleine Venus, ich muß dir mehr über die Bausteine der Materie und die des Lebens erzählen, damit du besser verstehen kannst, wie die beiden sich zueinander verhalten und was sie miteinander verbindet. Hör zu, du kleine neugierige Planetenkuller!" „Du immer mit deiner Kuller, ich bin ein gutaussehender, wunderschöner Planet, „ES"!" „Das stimmt, liebe Venus, aber Kuller klingt auch gut." „Also wieder ernst!"

Das „geistige Sein", eingebettet in der „geistigen Energie" ist ein geistiges Universum, und ich, meine Freundin Cosyma und alle anderen Geistwesen existieren in dieser geistigen Welt. Wir bestehen aus einer anderen Form des Lebens. Wir existieren in einer Welt, die nicht an das „Kommen" und „Gehen" des materiellen Lebens gefesselt ist. Wir bestehen aus einer unendlich großen und zeitlosen Konzentration von allerkleinsten Teilchen, die es nur so im „geistigen Sein" gibt, und die für sich selbst existieren, denken und natürlich auch handeln können. Für uns Geistwesen gibt es keinen Anfang und kein Ende. Den Faktor Zeit gibt es in unserer Welt nicht. Wenn wir unsere Existenz eng mit der Zeit verbinden würden, könnte es geschehen, dass wir geboren werden und sterben müssten. Dem ist aber nicht so!

Für uns existiert nur das ständige Bestehen an sich. Unsere gesamte Existenz wird nicht durch das „Gestern" oder durch das „Morgen" bestimmt, sondern nur und ausschließlich durch das „es IST".

„Kannst du das verstehen, Venus?" „Nur sehr schwer, „ES". Aber wenn das nicht so wäre, wie du das sagst, dann ist ein Leben für uns in der materiellen Welt so gut wie unmöglich, wenn ich das richtig verstehen soll. Die Beständigkeit des geistigen Lebens gibt mir, und vielen anderen in unserer materiellen Welt die notwendige Sicherheit für unser Leben. Es endet zwar, hat aber durch eure immer während Stetigkeit, also dass es euch immer gibt, wieder einen Anfang." „Sehr gut, kleine Venus, du hast das mit deinen Worten gut formuliert." „Eins verstehe ich immer noch nicht, „ES"!" „Was kannst du nicht begreifen?"

„Ihr Geistwesen könnt vermutlich nicht verstehen, wenn ein kleiner, sterblicher Planet etwas Grundsätzliches an eurer Existenz nicht begreifen kann. Für euch ist das möglicherweise eine völlig abwegige Frage. Wenn ich ewig existieren würde, käme ich vermutlich auch nicht auf solche Überlegungen."

„Also, kleine Venus, was ist für dich so völlig unverständlich?" „Wie seid ihr Geistwesen eigentlich entstanden? Wo kommt ihr her? Wenn ich das mal so fragen darf?! Oder gibt es das „Woher" bei geistigen Wesen nicht, „ES"? Entschuldige bitte meine Neugier! Wissen würde ich das schon gern wollen, oder möchtest du mit mir nicht darüber reden?" „Wie kannst du so was denken, Venus. Ich freue mich, dass du danach fragst. Damit gehst du an die Wurzeln des Bestehens von geistigen Wesen. Für so eine kleine liebe Kuller, wie du es bist, ist das schon sehr bemerkenswert." „Wieso, „ES"? So eine Frage kann ich nicht verdrängen. Ich kann mich dabei anstellen wie ich will, sie wühlt sich immer wieder nach oben in mein Denkzentrum. So sehr ich sie auch versuche von dort fern zu halten. Verstehst du mich, „ES"?" „Aber ja, liebe Venus! Natürlich versteh ich dich, sogar sehr gut!"

„Stell dir einen riesigen, nicht enden wollenden leeren Raum vor." „Halt, halt! Ich denke, ein Raum, in dem nichts drinnen ist, kann auch kein Raum sein, „ES"! Das hast du mir mal sehr ausführlich erklärt. Und wo was drinnen sein soll, muss auch ein Raum dafür sein. Schau mich an, „ich bin"! Und wenn es dafür keinen geeigneten Raum gäbe, wäre ich nicht in ihm. Sehr zu meinem Bedauern, wenn du verstehst wie ich das meine!" „Also, du nun wieder. Na ja, so ganz falsch ist das ja sicherlich nicht. Treffender wäre es, wenn ich sage, stell dir einen Raum vor, der eben nicht ganz leer ist." „Aha! Und wie geht es weiter mit so einem Raum, in dem eventuell kaum was drinnen sein soll?" „Stell dir vor, in diesem Raum schlummert seit einer Ewigkeit traurig und allein die Sehnsucht vor sich hin." „Wer ist denn das nun wieder, „ES"? Ich habe noch nie von ihr gehört." „Gehört vielleicht noch nicht, kleine Venus. Aber du hast sie bestimmt schon gefühlt. Ganz sicher dann, wenn du nach mir gerufen hast."

Zurück zu deiner Frage. Wer ist diese Sehnsucht? Sie ist möglicherweise, im übertragenen Sinne gedacht, wie eine Mutter von allen Geistwesen!" „Na endlich!" „Wieso na endlich, Venus? Was meinst du damit?" „Na endlich habe ich eine Mutter. Soviel habe ich von dir schon gelernt, ohne Mutter geht nichts, und zwar überhaupt nichts! Wenn du verstehst, was ich damit sagen will!" „Ich sehe, du hast mal wieder das Machen in deinen Gedanken!" „Ja schon, aber nicht nur, „ES"! Aber wieder sehr ernst! Du haust mir nicht mit der so genannten Sehnsucht, die Mutter von allem, meine Taschen voll, „ES"? „Aber nein, Venus! Warum sollte ich das auch. Sie ist nicht nur unsere Mutter, sie ist, oder genauer gesagt, sie war die traurigste, und sich ständig im geistigen Schmerz windende Mutter, die es je gab." „Nein! Und das soll auch wahr sein? Und warum war sie so furchtbar traurig, „ES"?"

„Die Sehnsucht lebte still, leise und sehr bedrückt ganz allein in diesem riesigen Raum des so genannten Nichts vor sich hin. Niemand war da, mit dem sie reden, oder mit dem sie was Gemeinsames erleben konnte. Sie war völlig allein. Na, genauer gesagt, so ganz allein war sie auch nicht." „Das wird ja für so einen kleinen Planeten wie mich, immer spannender. Wer war denn da noch da, „ES"? Ich meine in dem Raum. Du sagtest, sie lebte ganz allein in einem riesigen Raum?" „In dieser unendlichen Leere lebte das Nichts. „ES"! Bitte lieber „ES", nimm mich nicht so auf deine Arme! Nichts ist ja nicht Nichts! So viel weiß ich auch. Wenn auf meiner Oberfläche nichts wachsen würde, dann wäre auch nichts zu sehen, um es anfassen zu können. Das ist doch richtig „ES"?" „Teils, teils, kleine Venus." „Ach was, und wieso teils und nochmals teils?" „Weil auch in dem Nichts die Sehnsucht ruht und das Nichts hofft, einmal kein Nichts mehr zu sein!

Dreißig Speichen gehören zu einer Nabe, doch erst durch das Nichts in der Mitte kann man sie verwenden;

man formt Ton zu einem Gefäß, doch nur durch das Nichts im Innern kann man es benutzen;

man macht Fenster und Türen für das Haus, doch erst durch das Nichts in den Öffnungen erhält das Haus seinen Sinn.

Somit entsteht der Gewinn durch das, was da ist, erst durch das, was nicht da ist.

Laotse (vermutlich 6. Jh. v. Chr.)

„Entschuldige bitte, „ES", das kommt in meinem Verstand nicht an." „Stell dir vor, du bist mit deinem Dasein, und auch das Nichts hat ja ein gewisses Dasein, rundum zufrieden. Trotz dieses scheinbar angenehmen Zustandes krabbelt langsam und zielstrebig die Sehnsucht in dir auf, und ruft nach Veränderungen in deinem

Nichts. Es ist wie ein Weckruf, nicht mehr und nicht weniger. Zum Beispiel bei dir, könnte es den Ruf zu mir auslösen."

„Ach so ist das!" „Die Sehnsucht ist die Triebfeder allen Geschehens, ohne aktiv daran mitzuwirken. Und jetzt frag mich nicht, woher die Sehnsucht kommt. Sie „IST", und wäre das nicht so, wer sollte dann auf die Idee kommen etwas zu sein, was er oder sie nicht ist, aber möglicherweise gern sein möchten. Und den Weckruf dafür, gibt uns die Sehnsucht. Kannst du dir das so vorstellen, Venus?" „Nicht alles, „ES"! Aber die Traurigkeit der kleinen Sehnsucht so allein zu sein, kann ich mir schon denken. Und das macht mir sehr zu schaffen, „ES". Und wie geht das mit der kleinen Sehnsucht weiter?"

Welcher Schmerz in diesem Leben voll Trübsal ist größer, als die Sehnsucht, die nicht erfüllt wird und die nicht ruht?

Aus Indien

Bei dem Schmerz, den die Sehnsucht ständig wegen ihres Alleinseins erleiden musste, zog sich, wie bei einer schmerzhaften Verkrampfung, ihr großer und fast leerer Raum, eben das „Nichts", immer enger zusammen, und presste die kleine Sehnsucht zunehmend so fest ein, dass sie sich kaum noch bewegen konnte.

Durch das Zusammenziehen des fast leeren Raumes, entstand ein gewaltiger Druck auf die Sehnsucht, die ja wie du weißt, sich in diesem Raum aufhielt. Diese energetischen Druckkräfte wuchsen und wuchsen bis zu dem Moment, wo sie nicht mehr zum halten waren.

„Und was passierte dann, „ES"?" „Erinnerst du dich noch an deine Geburt, Venus?" „Nicht besonders gut, es ist ja schon ziemlich lange her, wie du weißt. Ich erinnere mich wieder. Es gab wohl einen wuchtigen Knaller, und ich wurde geboren." „Richtig, so war das. Aber nicht nur du, auch die vielen anderen Planeten, Sterne und Galaxien wurden durch den Knaller, wie du ihn so schön bezeichnest, geboren und füllen das materielle Universum aus."

„Und was hat das mit der Sehnsucht zu tun, „ES"? „Ihr erging es in ähnlich energetischer Weise. Sie platzte mit einer riesigen energetisch geistigen Entladung auseinander." „Ach nein! Die arme kleine Sehnsucht. Das muss ja furchtbar für sie gewesen sein? Und was geschah dann? Ich meine, nach dem Knaller? Entschuldige bitte, aber der Ausdruck gefällt mir so gut." „Aus der kleinen Sehnsucht, wie du sie nennst, entstanden die kleinsten Bausteine des Lebens, das „geistige Sein", eingebettet in der „geistigen Energie." „Wenn du jetzt nicht so ernst sein würdest, müsste ich eigentlich davon ausgehen, du erzählst mir ein gruseliges Märchen!" „Nein, Venus, keine Geschichte! Das ist sehr ernst, und wirklich so gewesen. Solltest du einmal mit anderen Geistwesen über dieses Thema sprechen wollen, solltest du irgendwelche Späße dazu besser unterlassen. Das könnte vielleicht auch falsch verstanden werden. Was für dich nicht besonders lustig sein dürfte. Wenn du verstehst wie ich das meine, kleine Venus!" „Entschuldige bitte, „ES", kommt nicht wieder vor, versprochen!

Ich wollte schon immer mal mit deiner Freundin Cosyma diskutieren. Irgendwie merke ich, wenn sie auf meinem Planeten ist, um die Venusianer in ihren guten Charaktereigenschaften zu unterstützen. Es will mir nicht gelingen. Warum schaff ich das nicht, „ES"?" „Das du fühlst, wenn Cosyma bei dir ist, und du trotzdem nicht mit ihr sprechen kannst liegt daran, dass du dich zu sehr von anderen Geschehnissen auf deiner Oberfläche ablenken lässt. Du solltest dich besser konzentrieren, und mehr in dich hineinfühlen, dann wird es dir möglich sein."

Es gibt denkende körperliche Lebewesen der höheren geistigen Ordnung auf einigen bewohnbaren Planeten, die glauben an außerirdische, göttliche Wesen. Mit so einem abstrusen Glauben werden sie natürlich dem „geistigen Sein", eingebettet in der „geistigen Energie" nicht näher kommen! Mit geistigen Wesen kann man nur in Kontakt kommen, wenn sich diese denkenden Geschöpfe die Mühe machen würden, tief in sich selbst hinein zu hören, und das nicht nur einmal in ihrer gesamten Lebensspanne. Auch nicht in dem Augenblick, wo sie sich von ihrem körperlichen Leben verabschieden müssen. So sind wir geistigen Wesen für eine Plauderstunde nicht zu gewinnen. Das Fühlen nach dem Zweck ihres Daseins, wird ihnen den Weg zeigen. Nur so wird es ihnen möglich werden, uns zu hören!

An etwas so genanntes Außerirdisches mögen sie lieber nicht glauben, sondern sie sollten sich ständig bemühen, es zu suchen, und mit ihrem Herzen zu fühlen. Einen anderen Weg dafür gibt es nicht. Die denkenden Geschöpfe, die an so genannte Götter stur und steif festhalten tun es deshalb, weil sie diese abstrusen Gebilde bewusst für ihre abscheulichen Schandtaten, die sie mit großem

Tatendrang vollbringen, auch notwendig brauchen. Einer muss ja schließlich an allem schuldig sein!

In der Tiefe ihres Bewusstseins, so sie sich die Mühe machen es entdecken zu wollen, würden sie höchstens die hämische Fratze der Bestie Krieg vorfinden. Das ist auch schon alles. Tröstend für uns geistige Wesen ist es, dass es auch denkende Geschöpfe gibt, die uns suchen und fühlen wollen. Eine wichtige Voraussetzung, um einmal, wenn die Zeit dafür gekommen ist, unsere Stimmen zu hören.

Hast du noch Fragen, kleine Venus?" „Nein, „ES"!" „Also gut, dann erzähl ich dir weiter, was mit den kleinsten Bausteinen des Lebens geschehen ist, als sie bei der großen Entladung gebildet wurden."

Nach und nach wurde es diesen kleinesten Teilchen des Lebens, also dem „geistigen Sein", eingebettet in der „geistigen Energie", doch etwas einsam, und in einer gewissen Weise langweilig. Was das bedeutet, darüber haben wir beide uns ja schon ausgiebig unterhalten.

„Entschuldige, „ES", dass ich dich unterbreche. Solange ich denken kann, wüsste ich nicht, dass es mir auch nur einen einzigen Augenblick langweilig war. Ich bin eher froh darüber, wenn mal etwas Ruhe auf meinem Planeten herrscht, und ich für eine Weile ausruhen kann." „Du darfst nicht vergessen, dass das „geistige Sein", eingebettet in der „geistigen Energie", schon sehr lange existiert, und auch weiter existieren wird. Du lebst, relativ betrachtet, sehr lang gemessen an dem seinen eben nicht. Es kann dann schon mal vorkommen, dass es etwas langweilig werden kann."

Ob nun Langeweile oder keine, der Grund dafür war, dass das „geistige Sein", eingebettet in der „geistigen Energie", Überlegungen anzustellen begann, was es möglicherweise ändern könnte, damit um sie herum sich was bewegen möge. Wie schaffte sie es mit Hilfe seiner kleinsten Bausteine des Lebens in seinem sehr großen Raum, ein Universum zu schaffen, in dem sich ihre unglaublich vielen Fähigkeiten entfalten könnten.

Die Sehnsucht ist ja durch die Explosion nicht verloren gegangen, oder hat sich aufgelöst. Sie hat sich nur mit den vielen Bausteinen des ewigen Lebens fest verbunden. Es musste in ihnen eine sehr starke Energie existieren, die dafür verantwortlich ist. In der unendlich großen Welt des „geistigen Seins", eingebettet in der „geistigen Energie", gilt nur ein gemeinsamer, friedlicher und liebevoller Zusammenhalt. Es gibt nur ein gemeinsames „Wir".

Ein langes geistiges Leben vergeht, bis das „geistige Sein", eingebettet in der „geistigen Energie", die heimliche Kraft, die sich in ihren Gedanken nicht so schnell getraute ihr Dasein zu zeigen, fühlte und wahrnehmen konnte. Die Kraft der Liebe und der Vernunft gewann immer mehr Einfluss in diesen kleinen Bausteinen des Lebens und sehnte sich nach einem eigenen Universum.

Und so ließ es das „geistige Sein", eingebettet in der „geistigen Energie" geschehen. Natürlich war das alles nicht so einfach ein Universum zu sein. Was allerdings fehlte, waren Lebensgefährten, die es mit der Kraft der Liebe und der Vernunft umsorgen konnte. Lange grübelte das „geistige Sein", eingebettet in der „geistigen Energie" darüber nach, wie es vielleicht auch anders sein könnte? Und siehe da, es hatte einen interessanten Einfall. Diese kleinen Teilchen des Lebens besitzen alles, nur keine natürliche Masse?

„Entschuldige, lieber „ES", dass ich schon wieder unterbrechen muss. Was bitte bedeutet Masse, was ist das?" „Betrachte dich als Planet. Du bestehst natürlich auch aus diesen kleinen materiellen Bausteinen des Universums, aber eben nicht nur. Du hast ja auch einen recht großen, massigen Körper." „Willst du damit andeuten, dass ich dick bin? Ich fände das nicht sehr lustig, „ES"!" „Aber nein, Venus, du bist und bleibst die hübscheste kleine Kuller die es im ganzen materiellem Universum gibt." „Danke, „ES", dass hast du lieb gesagt. Jetzt geht es mir wieder besser." „Also, wie schon ge-sagt, besteht dein Körper aus einer großen Masse.

Zur Erklärung dieses Ausdruckes sei dir gesagt, dass zum Beispiel dein Masseanteil eine Eigenschaft der Materie ist. Sowohl die auf deinen Körper wirkenden als auch die von ihm verursachten Gravitationskräfte sind grundsätzlich proportional zu deiner Masse. Ebenso bestimmt sie die Trägheit, mit der der Bewegungszustand deiner Planetenkuller auf Kräfte reagiert. Diese doppelte Rolle der Masse ist auch Inhalt des Äquivalenzprinzips. Aber das nur nebenbei. Wenn dem nicht so wäre, könnte man dich ja nicht sehen und berühren." „Aha, so ist das also. Und wer hat meine schöne Kuller bei dem großen Knaller zusammengebaut?" „Lass dir das in Ruhe erzählen."

Diese kleinsten Bausteine des Lebens, die selber keine eigene Masse besitzen, sehnen sich nach Elementen, die möglichst anders als sie selber sind. Und die Sehnsucht, die ja auch als große Kraft in ihnen steckt, sucht unaufhörlich nach möglichst handfesten Elementen, die man anfassen und sehen kann. „Verstehst du, was ich ausdrücken möchte?" „Bis hierher schon!"

Dieses Sehnen verbindet sich natürlich auch mit gewissen Vorstellungen, wie diese anderen Teilchen beschaffen sein sollten, und was sich daraus möglicherweise einmal entwickeln könnte. Und so formen sich in ihren Gedanken langsam und sehr behutsam etwas größere Bausteine, die in der Lage sind, richtig massiv zu werden. Natürlich nur dann, wenn man ihnen die erforderlichen energetischen Grundlagen schaffen würde. Sie benötigen einen großen kosmischen Raum, sehr viel Energie und sollten in der Zeit eingebettet sein. Soweit so gut. Energie war und ist eigentlich nicht das

Problem. Energie muss ja nicht eigens dafür gewandelt werden, sondern existiert durch die Energiewandlungsprozesse. Aber der kosmische Raum? Jedenfalls so wie er dafür gebraucht wird, um sich zu entwickeln. Alle Bemühungen dieser kleinen Bausteine der Materie, sich einen eigenen Raum zu schaffen scheiterten. Die sich fortschreitenden energetischen Prozesse wirkten derartig massiv auf diese materiellen Teilchen ein, so dass es nach geraumer Zeit zur Explosion kam."

Dieser explosive Ausgleich von gewaltigen energetischen Umwandlungsprozessen geschieht in einem ständigen Spiel im materiellen Universum und bestimmt sowohl das Ende als auch die Wiedergeburt von allen materiellen Strukturen. Du, liebe Venus, bist ebenfalls ein Bestandteil dieser Prozesse.

„Hast du noch Fragen dazu, kleine Venus?" „Eine Menge, „ES", aber die hebe ich mir für später auf. Wie geht es jetzt auf meinem Planeten weiter? Das wäre erstmal für mich wichtiger, oder was meinst du, „ES"? „Du willst ja bestimmt wissen wollen, was aus deinen Venusianern wird?" „Das wäre schon sehr wichtig für mich, „ES"? Werden sie das, was sie angerichtet haben, auch überleben? Haben sie eine Chance, einen neuen Anfang zu finden, und so möglich, einen friedlichen? Und was muss ich möglicherweise alles noch mit meinen Venusianern erleben?"

„Weißt du darauf schon mögliche Antworten, „ES"?" „Alles kann ich dir noch nicht sagen. Einige Entwicklungen auf deinem Planeten sind noch sehr im Dunkeln der Zeit verborgen. Aber einige deiner Fragen kann ich dir beantworten. Entspann dich, und hör zu!"

Meine Kinder auf der Flucht

Wo man Gefahren nicht besiegen kann,
ist Flucht der Sieg.

Johann Gottfried Seume

Die rapide Veränderung deiner Lufthülle, bedingt durch die ständig steigende Erwärmung deiner Oberfläche, und der massive Einsatz der sehr gefährlichen Waffen deiner Venusianer trägt dazu bei, ihr eigenes Leben und das der Tier- und Pflanzenwelt ganz erheblich zu beinträchtigen, und vermutlich auf lange Sicht gesehen, massiv zu gefährden. Vorsichtig formuliert!

Deine Venusianer werden in absehbarer Zeit nicht mehr existieren. Und damit meine ich ausnahmslos alle. Das wäre auch durch alle Bemühungen, gleich welcher Art und von wem, nicht mehr aufzuhalten. Ihr Organismus ist außerordentlich empfindlich und den kommenden Veränderungen, die auf deiner Oberfläche zu erwarten sind, nicht gewachsen.

„Das bedeutet, ich werde meine Venusianer verlieren? Ist das so, „ES"?" „Ja, das ist so, Venus!"

Eigentlich haben deine Venusianer mit dem Planeten Venus eine gute Lebensgrundlage für alle, mit der es ohne Schwierigkeiten möglich gewesen wäre, eine lange Zeitspanne, und damit meine ich kosmische Verhältnisse, gemeinsam mit allen anderen Lebewesen einschließlich der Pflanzenwelt, ein angenehmes Leben in Frieden und Eintracht zu führen. Über die Ursachen des Scheiterns haben wir ja schon ausführlich gesprochen.

Nach dem körperlichen Tod deiner Venusianer wird das Ichbewusstsein jedes einzelnen von ihnen, mit allen gespeicherten Energieinhalten, von einem energetischen schwarzen Loch im Zentrum des materiellen Universums eingefangen und gespeichert. Nach und nach wird ihr Energiehaushalt in eine andere Energieform gewandelt und den geistigen Erfüllungsgehilfen des materiellen Universums, wie zum Beispiel der Bestie Krieg, zugeordnet. So weit so gut.

Aber weiter mit dem, was bereits geschah und noch geschehen wird. Mit einer gewissen Sicherheit lässt sich bereits sagen, wird das was ich dir bereits erzählte, sich so und nicht anders entwickeln. Die gesamte Tierwelt kann ihre Existenz noch eine gewisse Zeit hinauszögern. Ihr Untergang ist bereits zeitlich absehbar. Die Pflanzenwelt wird als Letztes von deiner Oberfläche vollständig verschwinden.

„"ES", bitte, muss das auch noch sein?" „Ich kann das nicht ändern, kleine Venus." „Was soll ich dann so alleine tun, „ES"?" „Ganz allein wirst du ja nicht sein, Venus. Denk an die kleinsten Bausteine des Lebens. Außerdem werden winzige, bakterielle Lebensformen das Desaster, das deine Oberfläche getroffen hat, überleben. Ich bin da absolut sicher, liebe Venus. Sie sind der Grundstein für den Beginn eines neuen Lebens, das sich auf deinem Planeten wieder entwickeln wird. Du musst dir darüber keine unnötigen Sorgen machen." „Wieso, „ES", was ist daran so sicher?" „Weil deine kleine hübsche Kuller eine Kreisbahn zur Sonne hält, die das Entstehen von Leben grundsätzlich ermöglicht." „Dann sollte ich umsichtig darauf achten, dass meine schöne Kuller sich auch dort bewegt, wo sie jetzt ist." „Das solltest du, Venus!"

„Ist dir bekannt geworden, was aus meinen Venusianern geworden ist, die mit ihren Raketen versuchen wollten den Planeten Erde zu erreichen?" „Ich sage dir mal das, was ich von meiner Freundin Cosyma bereits erfahren habe. Also hör zu!"

Nur eine von den zwei gestarteten Raketen konnte wohlbehalten mit ihren Venusianern auf der Oberfläche der Erde landen. Meereswasser, allerdings für denkende Geschöpfe nicht genießbar, gibt es in großen Mengen. Trinkbares Wasser ist ebenfalls in Binnengewässern ausreichend vorhanden. Die kühleren Temperaturen machen es darüber hinaus möglich, dass Wasser im festen Zustand, man nennt das auch Eis und Schnee, auf einigen Landesteilen zu finden sind. „Eis und Schnee, so was habe ich hier bei mir nicht!" „Nein, kleine Venus, dafür ist es bei dir viel zu warm."

Auf den verschiedenen Landesteilen der Erde, sind die ersten Lebewesen zu finden, die sich noch im aufrechten Gang üben, und schon Ansätze von kleinen Denkprozessen zu erkennen sind. Die Tier- und Pflanzenwelt ist sehr vielfältig, und hat sich in den unterschiedlichen, klimatischen Bedingungen auf den verschiedenen Landesteilen sehr gut entwickelt.

Deine Venusianer haben sich, verständlicherweise, in den Gebieten niedergelassen, die über angenehme warme Temperaturen verfügen, so wie sie das auf der Venus ungefähr gewohnt waren. Derzeit werden sie, so Cosyma, von diesen denkenden Erdbewohnern wie so eine Art Gottheit behandelt, und haben alle Handlungsfreiheiten die sie brauchen, um mit Umsicht und Verstand auf die Entwicklung dieser von mir genannten Spezies Einfluss nehmen zu können. Damit haben sie eine gute Möglichkeit, sich dauerhaft auf dem Planeten Erde einzurichten. Ihre Kinder, die an dem Flug zur Erde teilnahmen, und ihre lange Lebenserwartung sind eine sehr gute Grundlage dafür.

Inwieweit eine Vermischung mit der Urbevölkerung der Erde möglich ist, wird die Zukunft zeigen. Cosyma hat mir versprochen, dass sie in besonderer Weise auf die weitere Entwicklung achten wird. Die auf der Erde gelandeten Venusianer wird sie genau beobachten, ob sich eventuell die gleichen Fehler, wie sie auf der Venus begangen wurden, wiederholen werden. Ich denke, liebe Venus, wir lassen eine längere Zeit vergehen, bis wir uns wieder mit deinen Venusianern auf der Erde beschäftigen werden. Und wer weiß, vielleicht werden die Kinder der Kinder, und die denkenden Geschöpfe der Erde einmal hier auf deinem Planeten nachsehen, ob deine Oberfläche sich von der schlimmen Zerstörung erholt hat. Sollte das so sein, werden sich bestimmt, und dessen bin ich jetzt schon sicher, wieder Nachkommen der Venusianer und die Kinder der Erde bei dir ansiedeln. Wobei wir wieder bei deiner Frage wären: Ob du auf Dauer allein sein wirst?

Allerdings wird das alles noch eine geraume kosmische Zeit benötigen, denke ich, bis sich diese Frage schlüssig beantworten lässt. Nur, was bedeutet für einen Planeten Zeit? Ich bitte dich, kleine Venus, hab Geduld. Und bis die ersten Besucher deinen Planeten betreten, solltest du ein längeres Schläfchen machen. Sobald ich Anzeichen dafür sehe, dass du Besuch von der Erde bekommen wirst, werde ich dich aufwecken.

„Was hältst du davon, liebe kleine Venus?" „Was soll ich davon halten, „ES". Ich werde genau das tun, was du eben gesagt hast. Auf meiner Oberfläche wird bald eine gewisse Totenstille eintreten. Ehrlich gesagt, darauf kann ich verzichten. Außerdem habe ich einen sehr lieben und klugen Freund, der mir seit meiner Geburt immer mit Rat und Tat geholfen hat. Warum sollte ich auf seine Ratschläge nicht hören wollen? Also, grüß Cosyma, und weck mich bitte auf, wenn es für mich wieder erfreuliche Zeiten geben wird." „Versprochen und schlaf gut, kleine liebe Venus!"

Das Geistwesen „ES" verabschiedet sich von Venus und hofft, dass sie bei ihrem Erwachen eine Oberfläche vorfinden wird, die den Planeten Venus wieder in einer vitalen Lebensfreude zeigt.

Vor geraumer Zeit wurde auf Facebook und Twitter die Frage gestellt:

Who ist Dietmar Dressel about?

Es ist für einen Buchautor und Schriftsteller nicht ungewöhnlich, dass er mit zunehmender Aktivität im Lesermarkt das Interesse der Öffentlichkeit weckt und diese natürlich neugierig darauf ist, um wen es sich dabei handelt.

Natürlich könnte ich dazu selbst etwas sagen. Ich denke, es ist vernünftiger, eine Pressestimme zu Wort kommen zu lassen.

Nachfolgend ein Artikel von Michel Friedmann: Jurist, Politiker Publizist und Fernsehmoderator.

'Wanderer, kommst Du nach Velden". Wer schon einmal im kleinen Velden an der Vils war, der merkt gleich, dass an diesem Ort Kunst, Kultur und Literatur einen besonderen Stellenwert genießen. Der Ort platzt aus allen Nähten vor Skulpturen, Denkmälern und gemütlichen Ecken die zum Verweilen einladen. So ist es auch ganz und gar nicht verwunderlich, dass sich an diesem Ort ein literarischer Philanthrop wie Dietmar Dressel angesiedelt hat.

Dressel versteht es wie wenige andere seines Faches, seinen Figuren Leben und Seele einzuhauchen. Auch deswegen war ich begeistert, dass er sich an das gewagte Experiment eines historischen Romans gemacht hatte. Würde ihm dieses gewagte Experiment gelingen? Soviel sei vorweg genommen: Ja, auf ganzer Linie!

Aber der Reihe nach. Historische Romanautoren und solche, die sich dafür halten, gibt es jede Menge. Man muß hier unterscheiden zwischen den reinen 'Fiktionisten' die Magie, Rittertum und Wanderhuren in eine grausige Suppe verrühren und historischen „Streberautoren", die jedes noch so kleine Detail des Mittelalters und der Industrialisierung studiert haben und fleißig aber langatmig wiedergeben. Dressel macht um beide Fraktionen einen großen Bogen und findet zum Glück schnell seinen eigenen Stil. Sein Werk gleicht am ehesten einem Roman von Ken Follett mit einigen erfreulichen Unterschieden!

Follett recherchiert mit einem großen Team die Zeitgeschichte genauestens und liefert dann ein präzises, historisches Abbild. Ein literarischer und unbestechlicher Kupferstich als Zeugnis der Vergangenheit. Dressel hat kein Team und ersetzt die dadurch entstehenden Unklarheiten gekonnt mit seiner großartigen Phantasie. Das Ergebnis ist, dass seine Geschichten und Landschaften 'leben' wie fast nirgendwo anders.

Follett packt in seine Geschichten stets wahre Personen und Figuren der Zeitgeschichte hinein, die mit den eigentlichen Helden dann interagieren und sprechen. Das nimmt seinen Geschichten immer wieder ein wenig die Glaubwürdigkeit. Dressel hat es nicht nötig, historische Figuren wiederzubeleben. Das Fehlen echter historischer Persönlichkeiten gleicht er durch menschliche Gefühle und lebendige Geschichten mehr als aus.

Folletts Handlungen sind zumeist getrieben von Intrige, Verrat und Hinterhältigkeit. Er schreibt finstere Thriller, die Ihren Lustgewinn meist aus dem unsäglichen Leid der Protagonisten und der finalen Bestrafung der 'Bösen' ziehen. Dressel zeigt uns, dass auch in einer so finsteren Zeit wie der frühen, industriellen Neuzeit Freundschaft, Liebe und Phantasie nicht zu kurz kommen müssen. Er wirkt dabei jedoch keinesfalls unbeholfen sondern zeigt uns als

Routinier, dass er das Metier tiefer Gefühle beherrscht, ohne ins Banale abzugleiten.

Folletts Bücher durchbrechen gerne die Schallmauer von 1000 und mehr Seiten. Er beschreibt jedes Blümchen am Wegesrand. Dressel kommt mit viel weniger Worten aus. Substanz entscheidet!

In der linken Ecke Ken Follett aus Chelsea, in der rechten Ecke Dietmar Dressel aus Velden. Zwei grundverschiedene Ansätze und Herangehensweisen an ein gewaltiges Thema. Wer diesen Kampf wohl gewinnt?

Keiner von beiden, in der Welt der Literatur ist zum Glück Platz für viele gute Autoren.

Der Autor

Es kommt die Zeit, da rückt das 65. Lebensjahr in greifbare Nähe - endlich - denkt man erleichtert - in Pension. Soweit so gut! Es dauert nicht lang, und man feiert im Kreise der Familie den 66. Geburtstag und stellt dabei mit zunehmender Ungeduld fest, dass so ein Tag, mit seinen 24 Stunden, ziemlich lang sein kann.

Familie, Enkelkinder, Faulenzen, Reisen und gelegentliche botanische Experimente bei der Gartenarbeit reichen nicht mehr aus, um den Tag ein interessantes Gesicht zu geben - was tun? An dieser Frage kommt man nicht mehr vorbei, möchte man nicht den Rest seines Lebens auf der Couch und vorm Fernseher verdösen. Warum, so fragte ich mich, die vielen Gedanken und Ideen, die sich im Laufe eines Lebens gesammelt haben überdenken und - so möglich, schriftlich verarbeiten. Kaum sind solche Gedanken zu Ende gedacht, entwickelt sich dafür die notwendige Initiative - ein Literaturstudium muss her, denkt sich der Kopf, ohne an den Körper zu denken, der ist ja bereits 66 Jahre alt. Diese drei Studienjahre waren es, die mir zeigten, dass das kreative Schreiben kein dunkles Geheimnis bleiben muss, so man sich bemüht es zu lüften. Und noch etwas half mir sehr, das Schreiben ernsthaft anzupacken - das geistige in sich "Hineinhören" um mit dem Bewusstsein und seiner inneren Stimme Gespräche zu suchen. Viele meiner Bekannten und Leser fragen mich, wie machst du das, in so kurzer Zeit so viele Bücher zu schreiben? Ehrlich gesagt, ich kann mir diese scheinbar einfache Frage nicht mal selbst beantworten. Ich glaube, es ist meine innere Stimme, die ständig mit mir diskutieren möchte. Und so fließen die Gedanken, wie von Geisterhand gelenkt, schon fast von allein in die Tastatur meines Computers.

Meiner Frau, meinen Kindern und Enkelkindern habe ich viel zu verdanken. Sie geben mir die Kraft und die Ruhe um zu schreiben. Und das ist es, natürlich nicht nur, was meine Gedanken, mein Bewusstsein und mein Weltbild nachhaltig so wohltuend inhaltsreich beeinflusst.

Das, was ich schreibe ist möglicherweise nicht immer leicht zu verdauen, soll auch nicht so sein. Ich möchte auch nicht der "Besserwisser" sein, oder Derjenige, der alles richtig und wahrhaftig beurteilt. Beileibe nicht - wirklich nicht, ganz ernstlich!!! Wenn es mir in meinen Romanen mit seinen unterschiedlichen Themen und Inhalten gelänge, Nachdenklichkeit zu wecken, aus der sich möglicherweise Fragen entwickeln, wäre ich ein glücklicher Schreiberling und Autor.

Denn sie sind es doch, die helfen, dass wir uns weiter entwickeln können. Und wer will schon in seinem Leben auf der Stelle treten? Das glaube ich auch nicht!

Bücher mit Inhalten wie bei Noah Gordon, (der Medicus) und Jostein Gaarder (Sofies Welt) beflügeln meinen Geist. Eigentlich bin ich ein typischer Zahlenmensch - beruflich geprägt, und liebe das Rationale - natürlich nicht nur! Was mich selbstverständlich nicht davon abhält, die Tiefen meiner Seele zu ergründen, das Glück und den Schmerz meines Herzens mit allen Fasern zu fühlen, und der sehr, sehr leisen Stimme des Bewusstseins, wenn die Zeit dafür da ist, zuzuhören.

**Mehr Informationen unter
BoD Verlag
www.bod.de**

Der Roman - „Eine Sprengmine zwischen Aufbruch und Freiheit" ist der zweite Teil aus der Reihe: „Gefährliche Wege in die Freiheit"

Die Bundesrepublik Deutschland, inmitten Europas, erlebt seit vielen Jahren, wie andere Staaten in diesem Erdteil auch, Frieden, Wohlstand und die Freiheit der Gedanken. Was man vom anderen Teil Deutschlands, der DDR, nicht sagen kann. Direkt im Krieg ist sie nicht, aber das Land ist für seine Größe aufgerüstet und mental auf Krieg eingestimmt, schlimmer als eine Großmacht.

Noch bedauernswerter ist der Zustand der Bevölkerung. Es herrscht Mangel an allem was die Menschen brauchen, und die friedlich etwas ändern wollen, oder voller Verzweiflung das Land verlassen möchten, werden entweder unmenschlich eingesperrt, gefoltert und gequält oder durch Selbstschussanlagen, Minenfelder und Salven aus Maschinenpistolen getötet, zerfetzt oder schwer verletzt und verstümmelt.

Wenn in diesem Buch nicht ab und zu Seiten zu lesen wären, die dem Leser ein wenig Entspannung ins Gesicht zaubern, würden sie die eigenen Tränen fast ersticken, und die Schmerzen die sie mitfühlen, an den Rand der Verzweiflung bringen. Es fällt einem schwer, das alles beim Lesen zu ertragen, aber noch schwerer ist es, das Buch aus der Hand zu legen. Lesen sie im dritten Teil dieser Trilogie, „Das Leben in der freien Welt", was aus den beiden Familien im Land der Freiheit geworden ist und wie es ihnen gelingt, ihre ehemaligen, skrupellosen Peiniger aus der DDR zu jagen.

**Mehr Informationen unter
BoD Verlag
www.bod.de**

„Der Mönch und der Bader" ist der erste Teil aus der Reihe: „Der Schrei zu Gott"

Deutschland zum Ende des achtzehnten Jahrhunderts. Zwei erwachsene Menschen, ein noch junger Mönch, und ein in die Jahre gekommener Bader, erleben hautnah und zum Teil selbst in den Handlungen eingebunden, eine Zeit, in der es den Menschen sehr schlecht ging, und die Gelegenheit zum Lachen auf einem engen Raum begrenzte. Durch Krieg, der menschenverachtenden Raffsucht des Adels, der Kirche mit ihren Gesetzen, die jeden neuen Ansatz zur Verbesserung der Lebenslage der Menschen, sowohl materiell als auch ideell im Keime erstickten, und mit so genannten Gottesurteilen, dem Scheiterhaufen und der Folter durch die Inquisition, wurde den einfachen Menschen, besonders von denen auf dem Land, das Leben unsäglich schwer gemacht. Gott hat ja die Menschen nicht des Leidens und des Sterbens wegen geschaffen! Die Oberschicht des Landes sperrt sich vehement gegen jede Art von geistigem und materiellem Fortschritt, es sei denn, sie sind einzig und allein die Nutznießer dieser Veränderungen. Das Buch verspricht viel Spannung, in einer Atmosphäre voller Schikanen, sadistischem Missbrauch des Glaubens, Angst vor Folter und Todesqualen, Liebe, selbstloser Hilfe, unerträglicher Schmerzen, körperlichen Leides und zaghafter Hoffnung auf Besserung.

**Mehr Informationen unter
BoD Verlag
www.bod.de**

Folgen sie mir auf Twitter und auf Facebook